作者 吐維
插畫 Welkin
又不能
上 當飯吃

目錄

第一節

大輔略帶無奈地看著眼前這個低著頭的少年。

「總共是七本書，對嗎？」

他問旁邊的小仙女店員，小仙女推推眼鏡，點了櫃檯上散落的書籍。

「對，店長，他這個月已經是第三次了。」

這是間小資本的自營書店。店長大輔經營書店業，到現在已經八年，眼看旁邊的書店倒的倒、變成星巴克的變成星巴克，還有的書店直接整棟被拆掉，原地蓋起綠建築住宅。周邊不知何時都變成什麼「妮妮小舖」、「LOVE HEART」還什麼「小緋的正韓小窩」之類的服飾店，不然就是手搖杯，書店幾乎已經絕種。

「我看看……你也一次偷太多了吧？四本是漫畫，三本是小說？」

時機歹歹還有賊願意來店裡偷書，不知道為何，大輔無奈之餘有點想感謝他的衝動。

而且看這少年的年紀，最多只有二十歲上下，現在小朋友連借書給他們看都不願意看了，居然還有人甘願冒風險來偷書，真是太令人感動了。

「想看書的話，去圖書館借不就有了？這附近有圖書館啊。」

少年始終低著頭，對大輔的問話保持沉默。大輔為了維護少年的尊嚴，還特地把他帶到書店後面的倉庫。

是說少年偷書的技巧也真的不太好，一次拿太多就是個問題。他上次企圖搬走十本書，當天大輔不在店裡，據說還沒走出門，就被小仙女逮個正著。

他看了一下書名，少年偷的書大部分是漫畫。大輔雖然是書店店長，但並不看漫畫，他喜歡文學類書籍，雖然這類書籍往往都是銷售成績裡墊底的。

他看了一眼書名，最上面兩本好像叫《宇宙一初戀》、《憂鬱之夜》，書名聽起來還挺文藝。

下面有幾本比較謎的，像是什麼《我被最想挖鼻孔的男人給挖了鼻孔》之類的。

中間夾雜了一些看起來比較正常的漫畫，像是《深夜速食店》、《鐵路便當大全》等等的。總共大概有七八本，也虧少年可以把它們全藏進衣物裡。

大輔仔細打量了一眼低頭不語的少年。少年真的很瘦，屬於精瘦型，上臂有點肌肉，大小腿細得幾乎無法區分，T恤下隱約露出的鎖骨十分明顯，從上往下看，脖子的筋絡連著血管，泛著藏青色的光澤。

這孩子有沒有好好吃飯啊？大輔不禁這樣想。不過會來偷書的人，大概也沒什麼餘裕吃頓好的吧。

「快跟店長說對不起！店長雖然三十五歲單身但人很好，你道歉說不定他就不會把你送到警局！」

小仙女的聲音打醒了他，大輔才意識到自己不知不覺看得太入神，眼神都飄到了不該飄的地方。

……唉，他在想什麼啊。大輔承認，因為最近才剛跟交往五年的某個人分手，晚上和左手相處的機率是多了點，但那也不代表他得對著一個未成年少年發情啊。

大輔在這家店做了七年店長，還是第一次遇到這麼難以抉擇的事。

「唔……既然是竊盜，而且都這麼多次了，還是報一下警比較好吧？」

大輔徵詢似的問旁邊的小仙女，看見少年的表情一下子緊張起來。

這年紀的少年……應該要在學校讀書之類的吧？雖然他不太懂現在的小孩，但他在這年紀的時候，雖然成績不怎麼樣，還是每天都乖乖上課，求學過程中唯一拿過的獎就是全勤獎。

這少年來偷書的事他也聽小仙女匯報過，只是前兩次他剛好都不在店裡，第一次是出去批貨。

第二次則是去處理某個人的鳥事，回來後小仙女才把被偷的書拿來給他看，但他那時候心煩意亂，只說書有要回來就好，也沒多想什麼。

大輔看著低頭不安地絞著雙手，仔細一看還唇色發白的少年，沉思了一會兒，問道：

「你前兩次都偷什麼書？跟這次一樣嗎？」

少年有些驚訝地抬起頭，好像很意外大輔會這樣追問。

「第一次偷了三本，分別是《世界建築大全》、《第一次有家就懂設計》還有《安藤〇雄全集》。第一本還是圖鑑，價值超過千元。」小仙女推了推眼鏡。

意外的興趣範圍還挺廣的嘛……大輔自己雖然喜歡看書，但涉獵範圍偏重小說和文學類，像建築大全這種書，大輔記得兩年前進貨後就沒看過幾個人碰，連他自己也不太確定店裡有無這本書。

「第二次呢？」

「第二次都是編織類的書籍，總共有五本，但其中有三本是系列書，就是放在婦幼專書那區的，《編織圖法大全1》、《編織圖法大全2》、《編織圖法大全3》，其他幾本也是類似的書，像是《製作專屬於自己的拼布毛毯！初學者指南》，還有最近賣得很好的《量身打造巫毒娃娃》，順帶一提我也有買。」

「那是什麼？巫毒娃娃？」大輔好奇地問。

「就是掛在女生包包上的那種毛線娃娃，可以做出人臉。據說可以拿來對人下咒，不論是喜歡的人還是討厭的人。」小仙女說。

大輔一點也不想知道細節，在他的人生經歷某種人際關係震盪後，類似「喜歡」還是「討厭」這種詞彙，他都只想暫時封印在字典內。

不過大輔也感到驚訝，剛才聽他偷了這麼多建築書籍，覺得他應當是個陽剛的少年，但沒想到他對編織也有興趣。

少年依然低著頭，大輔只好又問：「為什麼要偷書呢？你想要這些書？」

他指著堆在少年腳邊的書。少年往那本《深夜速食店》看了一眼，搖了搖頭，又點點頭。

「點頭就是想要了？如果你真的很想看這些書，又沒錢買的話，不是可以去圖書館借嗎？」大輔盡可能放緩聲音問道。

少年沒有答話，只是又垂低了頭。

「去圖書館借的話……就得還書，但是我沒辦法還。」

大輔一呆，一時聽不懂少年話中之意。

「沒辦法還？什麼意思？」

少年沒有回答，只是縮著身體，用那雙令大輔無法抵擋的大眼凝視著他。

「你、你會把我交給警察嗎？」

大輔嘆了口氣說：「你的爸媽呢？」

「我問過他了，但他不肯說。」小仙女在旁邊插嘴。

少年又低下了頭。老實說，大輔自己的童年也不是過得太愉快，所以滿能體會發生這種事情時，不想讓父母知道的心情，因此沒有再逼迫少年。

他思索良久，問了個出乎意料的問題：「你叫什麼名字？」

少年愣了一下後道：「呃，我叫小雅。」

「全名？」

「就是小雅。取、取名字的人說是從《詩經》來的。」少年無辜地說。

大輔愣了一下，倒不是因為從少年口中聽到《詩經》，而是少年的說法令他感到好奇。

「取名字的人？不是你爸媽嗎？」

「呃，不是。」少年小雅惶恐地搖了搖頭。大輔從少年的表情感覺到這件事不太適合深入問下去，至少不該由他這個第一次見面的大叔來問，感覺會破壞掉什麼。

大輔忽然轉過身，把擱在小仙女手邊的那疊書拿起來，在小雅惶恐的視線下整疊塞進他手裡。

「店長？」小仙女推了下眼鏡。

「這些書都給你吧。」大輔說：「只是下次不要再來了，這裡畢竟也是做生意的地方，我還要對我店裡的員工和房東負責，如果想去圖書館，可以告訴我，我帶你去也無妨，啊，不過要等我有空就是了。」

大輔想了一下，從櫃檯上拿了張便條紙，在上面寫了自己的電話號碼。他停頓了一下，又寫了自己的全名：高大輔。

這名字大輔一向不大滿意，原因是他既不高也不大，真要說的話，還是偏向文弱書生的類型，身高是台灣男子平均值以下。

「需要書的時候，可以打這支電話給我，也可以加我的 LINE，我有空就會回覆你。」大輔把紙條遞給少年。說實在，他本來想要換電話了，但看來得再保留這個電話號碼一陣子。

少年伸手收下紙條，看了下上面的文字，張口好像要說些什麼，但他看了一眼大輔的臉，最終低下了頭。

「謝、謝謝。」少年說，半晌又抬起頭。「我、我一定會報答你！」

少年又擠出一句話，大輔忍不住笑起來。畢竟除了在連續劇裡，他好像很久沒有聽到這麼傳統的對白了。

「好啊，我等你。」大輔忍住笑意說。

他目送小雅離開書店，走到門口時，少年還一直扭頭看他，手上緊捏著他給的那張小紙條，好像要把他的長相深深印在腦海裡似的。

「如果剛剛是戀愛遊戲的話，好感度至少有＋87吧？」

小仙女和他一起目送小雅的背影，忽然語意不明地說。

「……啊？」

大輔是個生活規律的成人，規律到大部分人都敬佩的地步。

每天晚上七點書店打烊，花一小時打掃店內環境、清點收銀機，八點半準時拉鐵門下班。

大輔在書店附近租了單人套房，這還是最近的事情，從書店徒步就可以回家。他通常會在書店吃便當，如果忙到沒空吃便當（這狀況頗罕見），就會到附近超市買點熟食，回到家裡用微波爐熱一下。

他通常在九點之前用完晚餐，看個半小時的夜間新聞，十點準時沖澡，十點半就寢。

他的鬧鐘設定在七點，通常會在床上賴到七點半。起床後花個十分鐘出門，在書店附近的美而美買切成一半的白吐司夾火腿蛋配冰奶茶，八點準時抵達書店開門。

大輔的員工只有小仙女，小仙女的本名是田心蓓，有一天忽然來到店裡說想應徵店員。以大輔書店的營運狀況而言，實在請不起什麼店員，但小仙女卻說不需要太多薪資，只要讓她自由閱讀裡面的書就好。

說實在，小仙女的樣子就像是個書店店員，大大的瓶底眼鏡、清湯掛麵式黑髮配上白襯衫和黑色長裙，而且大輔和她聊過之後，發現她對書籍的知識瞭若指掌，從四書五經到大輔不太接觸的次文化，什麼進擊的巨人成為海賊的男人尋找爸爸的獵人，小仙女全都如數家珍。

大輔最自愧弗如的地方，就是小仙女可以從客人提供的極其模糊資訊找到正確的書籍訊息。

「那個……我要找的是一個跟咖啡館有關的故事……」

「是小說嗎？朱少麟《傷心咖啡店之歌》？比較近一點有九把刀的《等一個人咖啡》，推理類的話最近很多，比較多人找的是這本《咖啡館推理事件簿》，如果是言情小說的話有《六弄咖啡館》，電影的話最近推薦《在咖啡冷掉之前》。」

「不，好像不是咖啡館，是外國人寫的，和咖啡館很像的……」

「是餐廳嗎？如果是食堂的話，安倍夜郎的《深夜食堂》很適合你，還有宮澤賢治的

《要求特別多的餐廳》短篇集也很好看，翻譯作品的話，像這邊這本《美味關係》也不錯，如果不介意爛尾的話，還有漫畫《食戟之靈》……」

「不，也不是餐廳，好像是什麼柑仔店……」

「雜貨店嗎？難道是《解憂雜貨店》？」

「對啦！就是這個啦！我孫女就是叫我幫她找這本書啦……」

自從僱用小仙女之後，大輔的工作也減輕了很多。他並不是不喜歡書，但要做到像小仙女這樣，彷彿出生以來就是為了成為書店店員，大輔自問還真做不到。

書店是他從一個親友手裡頂來的，他本身學歷也並不特別高，會答應接下這間書店，源自於大輔學生時代的夢想。

他和許多文學院出身的學生一樣，都曾經有過當作家的夢想。大輔年輕時想寫小說，他的大學時代，《第一次的親密接觸》這本書正夯，每個人都曾在 Google 查詢過紅斑性狼瘡，每個執筆寫作的人都想成為下一個痞子蔡。

但在創造了半個月球表面，理解到完整寫完一部小說跟把殞石坑補起來差不多困難的現實後，大輔很快察覺自己的極限。

剛好當時他的知交因病無法繼續經營書店，大輔就決定從生產者轉為經銷者。

他無法創造故事，至少可以把別人創作的故事散布給更多的人。

但實際經營書店之後，大輔才發覺賣書也不如想像中浪漫。說到底，書也是種商品，書店就是商場，通路、標價、倉儲、上架、物流還有店租、電費、薪資、營業成本、損益平衡……說到底和賣雞排沒有太大差別。

「如果書可以當飯吃就好了。」

有次他聽見小仙女感嘆地說著，大輔只能心有戚戚焉。

書店的名字是「鹿鳴」，也是源自於詩經。因此剛才少年說自己的名字是來自詩經時，還讓大輔稍稍動搖了一下。

名字美是美，但只有身為經營者的大輔知道個中艱辛。小仙女說按照目前的來客量，下個月房東就要把這家店址改租給星〇克了。

大輔掛了出版社業務的電話，坐在泛著藍光的電腦前嘆了口氣。

他看了眼未接來電欄，總算是把公務電話都回完了。這幾天是書店庫存清倉日，書店倉儲有一定的期限，期限到了書賣不出去，就必須交由業者帶回另行處理，通常是銷毀，這點書也和雞排相差無幾。

也因此大輔這幾天都忙得不可開交，在店裡的時間幾乎沒法接手機。

他檢視了一下來電號碼，沒有未知的來電，顯然那個叫小雅的少年沒有打給他。

也是，忽然有個怪叔叔遞電話給他，又不是巨乳女高中生，正常少年沒有立即撕掉丟水溝裡就很不錯了。

手機「叮咚」一聲，顯示有新的簡訊。

大輔心臟微微跳了一下。他心裡有數，用手指滑開簡訊。

親愛的大輔：

時節入秋了，你過得好嗎？

昨天我路過鹿鳴，站在對街的紅綠燈旁，站了大約十分鐘，但都沒見到有人進去，大多數人去了旁邊的可麗餅店。真想跟他們說，有空多看點書吧！

我沒有看見你的身影，可能你去出差了吧，倒是看見你僱用的店員，她一個人躲在書架角落，拿著一本書痴痴笑著，讓我想起你過去在我房間裡看書的模樣。你看書的時間總是勝過看著我。

天氣越來越涼，出門時記得多加件衣服。我記得往年這個時節，你總是會不小心著涼，現在沒人會催著你去看醫生了，但如果知道你感冒，就算被你討厭，我也會回來揪著你的耳朵拉你去看病的。

希望你一切都好，保持聯絡。

愛你的　白華

大輔啪的一聲把智慧型手機翻過來蓋在桌上。

他用力閉了閉眼，又重新把手機拿起來，拉開簡訊，按了下方的刪除鍵，確認那則簡訊消失在螢幕上後，又把手機蓋了起來。

這動作這個月他已經數不清是第幾次做了，同樣的簡訊每隔數日就會傳來一次，有時候一天數次，端看那個人心情。

大輔本來以為那個人只是心血來潮，畢竟過去在一起時，那個人也常心血來潮做一些讓他這個保守黨男人瞠目結舌的事。

但是這幾個月來，簡訊數量不減反增，從問候大輔的日常生活到單純風花雪月、傷春悲秋……

而更讓大輔心神不寧的是，那個人常在簡訊裡透露他關切大輔的動向。像這樣「在書店對面站了十分鐘」也是，之前還有「在你家樓下等了一夜」、「隔著窗戶看了你很久」，甚至還有「給你寫了封很長的信，又燒掉了」。

最恐怖的是上週的某則簡訊：在路上與你擦肩而過，佇足回頭看你，你卻沒有發現。

昨天那人還傳了語音訊息來說：「非常想念你。只好在 Google 反覆搜尋你的名字，一遍又一遍，直到變成系統的成詞。」

大輔還手賤自己跑去 Google 輸入名字，還真的找到「高大輔　想你」這個關鍵字，嚇得他連忙手抖關了螢幕。

大輔在新聞裡常看到有關跟蹤狂的報導，他不知道這狀況能不能叫被騷擾，他也沒有和其他人交往的經驗，不知道是不是所有分手後的情侶都是這樣。

但是人家被跟蹤的都是少女，他一個大男人，總覺得跑去警察局跟警察說：「救命啊我被我分手的前男友纏上了請你們保護我。」挺丟臉也挺矯情的。

大輔也實在不懂那個人，明明說要分手的人是他，自己只是被動地接受了對方的決定。但分手之後那人的態度卻讓他不解。

糾纏也就罷了，還表現得好像他是被大輔拋棄的一樣，讓大輔摸不著頭緒之餘，也有一種無以名狀的淡淡的怒氣。

說起來，他和那個人的相識，其實也與書有關。

大輔雖然最終沒有走上作家之路，但有餘暇的時候還是會寫寫散文、小說，他有經營部落格，也會在一些人流較多的文學網站發表自己的作品。

只是這年頭文學類的書不只放在書架上難賣，連放在網路上給人看免錢的都沒什麼市場。

他起先寫純文學小說，寫關於一個老人開了一輛破爛計程車環島一週尋找自我的故事，但放了一個月，點閱率只有個位數，因此才寫到老人環島到桃園就無疾而終。

後來又嘗試寫推理小說，寫關於一個少女在路上撿到破掉的錢包，最後由此偵破一個殺人案的故事，但寫不到兩章就因為過程太寂寞加上沒人回應而棄坑，連少女把錢包撿到警察局的橋段都還沒寫到。

大輔後來寫起了愛情故事，因為看到各大網站點閱率排行在前的幾乎都是言情故事，無論男的跟女的、男的和男的，最近還有大輔這年紀的人搞不清楚奧妙在何處的言情類型，什麼ＡＢＣ還是ＡＢＯ的。

大概談感情的故事比較平易近人，而且容易和人產生共鳴。寫起令人臉紅心跳的某種情節也比較吸人眼球。

他寫了一個在花店工作的男孩遇到在做回收的女孩的故事。花店生意不好，男孩每天都很閒，花也常常放到枯萎。

男孩看女孩每天都在花店附近撿資源回收，就把賣不掉的花送給女孩，女孩卻不願收，並告訴男孩花這種東西毫無價值，回收了也無法賣錢，比廚餘還不如。

「這又不能當飯吃。」女孩跟男孩說。

男孩不甘自己的花被貶低，於是每天都配一束花，放在女孩家門口。

但女孩也很倔強，男孩再怎麼送花過來，都被丟進垃圾筒裡，來幾束丟幾束，女孩家附近的垃圾場經常堆了滿滿的鮮花。

在這過程中，男孩也因此得知女孩的家庭狀況，女孩得知男孩繼承花店的原因，兩個人藉由這種你送我丟的活動更加認識彼此……這些都是後話，而後話通常留在作者的腦袋裡，沒能來得及寫出來。

這篇文章的點擊一樣乏善可陳，當然也沒什麼迴響。

但是不知道從第幾章開始，忽然有個固定ＩＤ開始頻繁地在文章下留言。大輔還記得第一篇留言是：故事很有趣，大大要加油繼續寫ㄛ！

是水到不能再水的罐頭回文，兼之注音文。

但大輔還記得第一次看到這則留言的感動。他把留言截圖，反覆看了好幾次，忽然覺得靈感如湧泉。本來只寫到男孩的花被丟了第四次就斷頭的文章，大輔忽然覺得好像也可以再寫個第五次。

而那個人居然也繼續為他的文章留言：

這集讓人迫不及待想看下一回！大大要加油喔～

男主角好可憐喔，可以不要再虐他了嗎？

如果我被拒絕這麼多次，一定會想其他方法接近女主角。男主的心是鐵打的嗎？還有女主角這樣不會被說沒做好垃圾分類嗎？

衝突的場景寫得不錯，有感覺到人物內心的糾葛。但是這樣就對彼此產生感情會不會太快了？總覺得還可以再鋪陳得長一點，想看他們曖昧時那種戀愛的酸臭味啊～～

明明是點閱一樣只有二位數，連熱門排行榜最後一頁都找不到的文章，大輔不知道這人是怎麼找到他的小說的。而且隨著回數增加，那人的回應也越來越長、越來越深入，有時專業到大輔覺得是不是哪家出版社的編輯披馬甲來打發時間的。

ＩＤ的暱稱是「白華」，當時大輔並不知道那人用的是自己的本名。

我覺得你的「門」沒有開。

大輔最後寫到女孩發現男孩有天不再送花來，百般糾結了兩天，終於受不了跑回花店去找男孩，卻發現花店已經歇業的場景。那篇是他的得意之作，從按下發送鍵那刻開始，心跳便加速起來，還不停地按重新整理等對方回應。

但等到的卻是對方沒頭沒腦的一句話。大輔當時把這句話左看右看，百思不得其解。他越想越心癢，越想越不甘心。那個發文網站有私訊系統，大輔便向那個叫白華的怪人發送了私訊。

大斧：你那個回應是什麼意思？

網路就是這麼奇妙的東西，明明從來沒有見過面，但經由連載這半年來你來我往，僅僅是筆談的交流，大輔就有一種和對方已認識數十年的錯覺。

對方很快回了訊息，口氣也像在回覆老朋友。

白華：就是字面上的意思。

大斧：什麼是「門」？

白華：很難用文字形容。

大斧：看來你的中文也沒有很好。

白華：雖然很難形諸文字，但只要看你的文章，就知道你是屬於門「那一邊」的人。

大輔越發不服氣，他要求對方講清楚說明白，結果對方忽然天外飛來一句：要不要見面聊聊？

大輔也沒有多想，可能那時候他年輕氣盛，滿心都是自己的創作，急於知道對方的評價，所以就不假思索地答應了。見面之前，他甚至不知道對方是男是女。

直到看到從速食店門口走進來，那個留著一頭雅痞似的長髮，在腦後繫著短馬尾，穿著及膝的深色風衣，身高、身材、氣質和臉蛋都頗有年少時阿湯哥風範的熟男，大輔才明白自己衝動之下做了多麼重大的決定。

相見之後相談也甚歡，雖然對方是男人這點讓大輔小慌亂了一下，但和網路上的印象一樣，大輔覺得對方是個兼具理性和知性、在小地方卻又不失童心，時不時帶給人神祕感的男人。

他問了男人關於那則留言的真相，對方便露出笑容。

「你看過《鋼之鍊金術師》這部漫畫嗎？」

大輔不太看漫畫，在他接手朋友的書店以前，漫畫對他而言還停留在國高中生看的消遣物。

像海賊王或柯南這麼紅的當然聽過，但總得來說大輔對次文化興趣不高。他也沒想到會從這個從頭到腳都流露出文青氣質的男人口裡，聽到這樣孩子氣的東西。

「這部漫畫講的是一對鍊金術兄弟的故事。這對兄弟從小對鍊金術感興趣，在漫畫設定的世界裡，鍊金術是一種近乎無所不能，可以創造出任何事物的技術，鍊金術師也是令人嚮往的行業。但是一般鍊金術師想要鍊出什麼東西，通常要遵照一定的術式，在地上畫鍊成陣什麼的。」

那人耐心地向大輔講解著。

「但是包括主角在內的某些鍊金術師，卻可以不用透過那些儀式，憑空鍊成他想要的東西。而決定是否需要畫鍊成陣的關鍵是，該鍊金術師有沒有進過那個『門』。」

「門？」大輔問。

「嗯，就是門。但那個『門』不是想進去就可以隨便進去的，想要跨過那扇門，到門的另一端窺視鍊金術的奧祕，就必須犧牲一樣對自己而言最重要的東西。

因此在那個故事裡，主角哥哥犧牲了手臂；主角的師傅犧牲了內臟，而主角弟弟甚至把自己整個人都賠了進去。

故事裡曾經有人詢問到過『門』那一端的人，問他們究竟看見了什麼、到底那裡有什麼？但他們都不知道該如何用言語形容，只能支吾其詞。因為在門那端的東西，除非親身經歷，否則只能意會，不能言傳。」

大輔當時聽得一愣一愣，那人說的他字面上懂，但對他來講，那只是故事內容，他還是不懂跟他的小說有什麼關係。

他們在速食店裡聊了一整個下午，從漫畫聊到小說，從小說聊到時事，聊到大輔點的第三杯零卡可樂都見底了，還欲罷不能。

這是大輔第一次對人有這種感覺。他從小文靜，被長輩說不像個男孩子，同齡的男孩國中時就會約女孩子去唱星聚點。

但對大輔而言，最開心的事往往不是和女孩子約會聊天，而是一個人躲在樓梯間看喜歡的作家新出版的書籍。

他和男人聊得忘我，於速食店關門時終於道別。大輔坐上回家的末班捷運時，才想起自己連對方的本名都忘記問了。

好在對方顯然也有相同的悔恨，第二次見面的邀約很快透過連載網站的私訊傳來，那人約他去參觀漫畫博覽會，地點在世貿中心。

大輔在那場展覽裡買了全套的《鋼之鍊金術師》。後來他們越來越常碰面，從相約一起去做些什麼事，比如展覽、比如電影、比如活動，到單純只是出來吃個飯、坐在地下街的一角聊天，到相約去什麼地方旅遊、睡在同一間飯店房間裡。

大輔對那個人毫無戒心。坦白說，直到那個人第一次在旅遊後的深夜轉運站裡，低頭吻他的唇時，他才驚覺他竟從未詢問過對方的性取向。

而那人給他的意外性還不只如此。大輔曾經問過白華的職業，但對方都笑答：

「我是靠文字吃飯的，是個普通的筆耕者。」

大輔隱約知道他在寫劇本，而且是遊戲的劇本，但誠如他對漫畫的陌生，他對遊戲這個產業也一樣一無所知。

他只知道那人主責一個手機遊戲的劇本，故事大致上是一個女孩子從父親那裡繼承了快倒閉的出版社和員工。

出版社需要融資才能存活，於是女主角就去拜託財團的總裁，彼此認識還有了曖昧關係。

然後不知為何又牽扯到某個偶像團體的明星、某個特種部隊的警察，還有某個人學的教授，女主角就周旋在這幾個帥哥之間載沉載浮。

但遊戲的主軸又是出版業，女主角必須努力挖掘好作家，為作家量身打造暢銷書，如果書不賣的話就沒有錢和男角們談戀愛……諸如此類大輔摸不著頭緒的乙女向戀愛遊戲。

大輔也不玩手遊，只意思意思下載了ＡＰＰ，但沒想到有天他偶然跟當時才剛到他店裡上班的小仙女提起這個遊戲，小仙女便瞪大眼睛。

「是『戀與總編輯』嗎？這個遊戲現在超紅的耶！」

「是、是嗎？」

「當然是啊，乙女向遊戲很少有這麼熱門的，已經獨占手遊下載量冠軍好幾個星期了，最近的場次也超多人出這款手遊的本本，ＢＧ和ＢＬ的都有，你說他是這遊戲的劇本？」

「呃，應該是劇本負責人之一。」大輔聽不懂「本本」是什麼意思。

「可以幫我跟他要個簽名嗎？」

而那個人也沒有告訴過他，原來他以前也寫過小說、出過幾本書，是個不折不扣的作家。後來因為出版業蕭條，才轉換跑道寫作遊戲劇本。

「戀與總編輯」是一年前他和一群朋友合作企劃的，而這群朋友大輔也在漫博等場合見過很多次。

那人從未告訴過大輔他和那些人的關係，只知道那人和這群朋友的對話都很謎，什麼「直到膝蓋中了一箭」、「眼鏡才是本體」之類的黑話。大輔每次陪那人與朋友聚餐，都像來到異世界一樣，連話也插不進半句。

而大輔很後來才發現，那人沒有告訴過他的事，還有很多很多。

包括他已經結了婚、有了小孩的事。

第二節

週日鹿鳴書店結束大盤點，小仙女先下班，大輔一個人留在辦公室裡處理店裡帳目。

他讀著放在辦公桌上的清單。

耗損：七本。

小仙女建議把他送給小雅的書歸在倉儲的自然耗損裡，說這樣比較好做帳。大輔是錄取她之後才知道她在附近大學念書，是現役的商學院研究生。

這時手機忽然叮咚一聲，系統顯示收到簡訊。大輔看到陌生的號碼心裡便有數，打開一看，果然是那個少年。

大輔先生您好：

請問可以帶我去圖書館嗎？

小雅。

大輔不禁失笑，明明可以打個電話給他就好，但同屬天涯閉俗人，大輔可以理解那種膽怯的心情，於是也用簡訊回應。

沒問題，要約什麼時候在哪裡？請問你有 LINE 嗎？

簡訊發出去不到三十秒，馬上便有了回應。

可以現在嗎？我人在大輔先生的店外面。我用別人的手機。

大輔大驚，他連忙蓋上電腦，鞋也沒換就衝到店門外。

書店的鐵捲門已經拉下一半，他看見鐵門外孤零零地站著一雙細瘦蒼白的腿。他鑽過鐵門，果然看見小雅可憐兮兮地站在門外。三月天晚上氣溫還很涼，這少年和上次偷書時被抓一樣，只穿了件單薄的T恤外加短褲和夾腳拖，大輔看他凍得連眉心都發白了。

「你怎麼不先打個電話？」

少年沒有回話。這時，有台車從少年身後呼嘯而過，大輔忙伸手扯他進來。

「你先進來我辦公室吧，這裡危險，而且冷。」他於是嘆了口氣。

小雅惶恐地隨他鑽進鐵捲門內。大輔把他帶進書店的辦公室，說是辦公室，其實也只是在儲書的地方隔開一小角，放了桌子和電腦而已。

大輔從衣架上拿了自己的大衣隨手拋給小雅。少年忙伸手接住，表情顯得不知所措。

「那、那個，大輔先生……」

「叫我『大輔』就可以了。」

大輔雙手抱胸，有點無奈地靠回桌子旁。

「圖書館這時間已經關門了，沒辦法去。如果明天你也有空的話，我中午可以抽時間帶你去，今天你還是先回去吧，大衣可以明天再還我沒關係。」

小雅的表情看來十分震驚。

「關、關門？『圖書館』是……會關門的東西嗎？」

大輔覺得這少年要不是失學，就是父母疏於教育。

「是啊，下次要來找我之前記得先打個電話。你住在什麼地方，我送你回去好了，我也正好要下班了。」

大輔從桌上拿了機車鑰匙，關了倉儲室的燈。

但少年十分遲疑地說：「我……我沒有住的地方。」

大輔一怔，小雅又低下頭。

「我、我這幾天住在一個很多書的地方，那裡可以上網，還有很多像大輔先生這樣的人住在裡面。有個大哥說他是包月的，這幾天剛好要出去旅遊，所以把他的包廂讓給我……但那位大哥明天就要回來了。」

大輔聽懂了，他再次傻眼。

「你是說網咖？你住在網咖裡？你的家呢？」

小雅搖搖頭說：「我沒有家。」

大輔認真思考起眼前的狀況：一個看起來很可能未成年的少年到處偷書，還住在網咖。而現在這個未成年人半夜跑到他的書店，穿著夾腳拖，跟他說沒地方住。

這個公式可以導出的結論就只有一個：高大輔，快點報警，你要變成綁架犯了。

大概是大輔的表情太恐怖，小雅也感受到氣氛不對勁，忙搖搖手。

「沒、沒關係，我會自己想辦法，不好意思打擾你了，再……再見。」

小雅說是這麼說，但大輔看他的視線一直停留在倉儲的那些書上，沒有要離開的意思。

回想起來，那個人和他交往的這五年來，最常對大輔說的一句話就是：「大輔，你真是個好人。」

雖然大輔直到分手當時才品味到這句話真正的意義，但他不得不說，那個人真的很了解自己。

「……你離家出走嗎？」大輔終於問出了口。

年少時，大輔也曾離家出走過，多少懂得一些少年人離家出走的奧祕。而且當時收留走投無路的他的，很巧的就是這間書店的前老闆。

但這不代表大輔可以在不問理由的狀況下收留另一個離家少年，他有成年人的社會義務。

但令他意外的是，小雅這回又搖了搖頭。

「沒有。」

「那是怎樣？你被趕出來？」

大輔思考了一下，想起少年曾經說過「我沒有父母」，有可能是父母過世，被親戚收養，如此一來離開家的理由可能有很多。

但小雅仍然搖頭，大輔正要繼續循循善誘，小雅卻自己開口了。

「這些……是店裡的書嗎？」

他指著大輔擱在倉庫裡堆積成山的書本。

「啊，是準備要退回的書，就是放在書店裡一定期限還賣不出去，準備通知出版社或經銷商來回收的書籍。」

小雅像是第一次聽到這種事情般，瞪大了眼睛。

「回收……？是到資源回收場嗎？」小雅的表情一瞬間有點陰暗。

「嗯，有些比較有組織的出版社會有回收後的促銷活動，利用網站賣或是賣給下游的回頭書商，又或者攤給租書店，多少回收一些上架費，但很多出版社回收之後是選擇銷毀。」

「銷毀……」

「嗯啊，雖然我也不希望看到書有這種下場，但就是字面上的意思。」

大輔沒跟少年說，出版社願意來回收還算是好的狀況。

有些書是屬於有時效性的，比如法律、行政類考試的參考用書、年度旅遊書，還有一些搭時事便車的評論書籍。這些書一旦過了時效就乏人問津，送人都不見得有人想理，有些出版社就會叫書店自行處理。

還有更糟的。最近有些小出版社，書出一出就無預警倒閉，事前全無跡象，要大輔到了上架期限，親自打電話到出版社去催回收，才發現電話變成空號。

之前大輔還聽說有個一年出了上百本言情小說的出版社，倒閉之前積欠員工薪資不說，連作家的稿費都付不出來。

大輔打電話給負責人請求處理庫存，電話接是接了，但對方卻沒有要收回書本的意思，只意興闌珊地要大輔自行處理。

大輔最後沒有辦法，只得自己找了回收業者。

看著那些書被一車車載進工廠，拆去書釘，與封面分離，被捲進碎紙機內，最後變成一團團分不清楚文字在哪的漿泥。身為書店老闆，大輔竟有一種自己正在屠殺什麼的不舒服感。

記得他還在念大學時，書雖然不算奢侈品，也至少是得省個一週餐費、再三考慮才能買下的東西。

當時多數教科書都是借學長姊的，不然就是借同學的翻印。閒書的話就去圖書館借，以前出書也沒那麼容易，大輔還會定期 Follow 喜歡作家的書訊。

但不知道從什麼時候開始，出書這件事變得跟到麥當勞買得來速一樣。大輔從七年前接手書店開始，每月的新書出版清單變得越來越長，頻率也越來越短。

而更讓大輔驚訝的是出書的週期，以前他追的那幾個作家，像是早期的爾雅和洪範，數年甚至數十年才出一本大作。

但現在有的作家數月就可以出一本書，有的甚至一個月一本、一個月數本。往往大輔前張單子還沒登錄完畢，下一批書又跟著到庫，讓大輔有種彷彿在迎接歐洲難民，沒完沒了的倦怠感。

大量生產的結果就是大量滅絕。可以的話，大輔真不希望再當劊子手。

要是書可以當飯吃就好了——大輔腦袋裡再次響起小仙女的話。

「如、如果是要銷毀的話……可以把它們給我嗎？」小雅問道。

大輔愣了一下。

「給你？全部嗎？」他問，看見少年點頭如搗蒜。

「可以是可以，但是這裡的書很雜喔，其中還有考試用參考書還有旅遊書什麼的，你讀得完嗎？」

小雅又點了點頭，他似乎怕大輔反悔，走上前抱了兩本書在懷裡，用一種小狗要飯的眼神看著大輔。

比起驚訝，大輔多少有點感動，沒想到這年頭還有如此愛書的小朋友。

他在心底默默向小仙女道歉，又得麻煩她處理店裡的帳目了。

少年沒地方去，又帶著店裡的書。大輔於是告訴自己，這不叫綁架未成年，只是暫時收容，是他身為文化青年的義務。

小雅本來堅持一次把所有倉儲書本都帶走，看他的態度，簡直像是要飯的擔心施主反悔似的。

在大輔好說歹說、一再承諾他一定會把書留下來後，少年才決定先帶走部分書籍，其他的等他找到住處再回來搬。

大輔帶著小雅和小雅當場挑的十來本書，回到他在巷底租的公寓套房。

和那個人分手之後，大輔立馬就搬了家。不是為了揮別過去那麼浪漫的理由，而是那個叫白華的男人實在太恐怖。

那人當然知道他的地址，他也不直接來找大輔，每天就像站衛兵一樣，在距離大輔家樓下十公尺遠的巷口，就這樣默默地站上一兩個鐘頭。

而且對方還特別挑大輔看得到的地方。以前大輔住的是母親留下的老房子，老街式的窄巷，巷口有個賣涼煙和雜誌的書報攤，從大輔母親在世時就認識他們家。

那個男人每天西裝筆挺，站在那個涼煙攤子前。惹得賣涼煙的歐巴桑遇到他就問：「那個人是你的債主嗎？長得挺帥的。」

大輔試著傳簡訊給對方，請他不要做這種行為，但得到的都是文不對題、充滿風花雪月自我耽戀的回文。

大輔傳的內容：可以請你不要再站在我家巷口了嗎？這樣我很困擾。

對方回的內容：親愛的大輔：最近你家巷口那株山櫻花又開了。雖然櫻花的壽命短暫，但盛開時是如此之美。你早上總會把面南的窗打開，想必也目睹了它開花的剎那。想到你和我欣賞的是同一個頃刻的美景，便感到不勝喜悅。愛你的白華。

真不愧是戀愛手遊的大劇本家，大輔每次看到那人回的簡訊都不禁這麼想。

搬家後的公寓離大輔老家有點距離，為了躲白華，他還趁著夜黑風高連夜搬家，搞得整條街都流傳高家大兒子欠債跑路的傳聞。

他本來以為如此一來就徹底斬斷前緣，但那人找不到他的住處，就開始到書店前站崗。鹿鳴書店無法搬家，大輔也無法限制任何人站在書店門口。

小雅從大輔帶著他走進樓下大門開始，就一直好奇地東張西望。剛好遇到樓上有住戶下來，小雅還會向對方鞠躬點頭說你好。

大輔帶著他進到自己那一廳一房一衛的小套房內。本來是想租大一點的房間，但一來預算有限，二來他一個光棍，也用不著太大空間。大輔想，他至少五年內暫時不想再談任何戀愛了。

小雅手裡還提著從書店帶回來的兩大袋庫存書。大輔從壁櫃裡拉了備用的夏被，鋪在客廳地上，又拿了顆枕頭，在地毯上席地而坐。

「臥房就給你睡，要用浴室的話就自己請便。我習慣早睡，如果還睡不著想看書的話，把房門關起來就不會被吵到，這裡隔音還不錯。」

大輔邊說邊脫了外套，小雅把袋子放在臥房門口，眼睛飄到了大輔書桌上的一疊白色稿紙。

「那個是什麼？」小雅指了一下。

「啊……那個，最近忽然很懷念起以前的作品，就拿出來看了一下。不是什麼有趣的東西。」

大輔有點臉紅，走過去把稿子翻面。他創作時走老派路線，雖然他大學時代已經有電腦，也有 OFFICE、Word，但大輔還是習慣先把文章用手寫下來，再 Key-in 到電腦裡，因而以前被他的知交嫌是老古板。

但小雅顯得興致盎然，大輔想，以他愛書的性子，會對文字感興趣也是當然的事。那篇就是當年白華回應他的那篇花店文。和那人交往後，大輔不知為何有點羞於再上載這篇文，加上生活也忙碌，不知不覺這部作品又成為他月球表面的遺跡之一。

那天遇到小雅後，大輔不知為何忽然懷念起來，從雜亂的文稿箱中找了出來。但坦白說，閱讀舊作對任何作家而言都是種凌遲行為。大輔讀不到兩行就抱頭蹲在地上啊啊叫起來，也因此文稿就這樣堆在那裡。

小雅睜大眼睛。

「作品？大輔先生是……作家嗎？」

「不不不，當然不是，我沒有出版過，只是自己寫著玩的而已。」

大輔從冰箱裡拿了罐啤酒，坐在沙發上拉開拉環，掩飾自己發燙的耳朵。

「寫著玩……大輔先生沒有出過書嗎？」

「沒有沒有，我根本連稿都沒投過，我對出書沒興趣。」

「為什麼不投稿呢？」小雅罕見地追問。

大輔一怔，啤酒哽在喉口。其實他的確想過投稿，任何熱愛寫作的人都曾有過出書夢，他當然也不例外。

但一來他上載的文章光是在網路上，反應就讓人灰心。二來身為愛書人，大輔也會上網去看書評。

看到有時自己覺得很不錯的書在網路上被人批評得一無是處，大輔便覺得那是個殘酷的世界，自己這種小弱弱還是在外圈觀望就好。

「大輔先生……為什麼會想開書店呢？」

大概是大輔一直沒回話，小雅意識到自己可能問錯問題，於是轉移了話題。

「是從一個老朋友手裡接手的。他身體不好，就把書店頂給我，我和他以前是國中同學，他很照顧我。啊，他以前還是大出版社的編輯，你看的書裡搞不好有一些是他負責出版的。」

小雅聽得異常認真，大輔想，他身為偷書賊，對書的話題應該很有興趣。

他在冰箱找了半天，找不到無酒精飲料，只有放在側架上的大罐光泉牛奶。大輔只好拿了個馬克杯，倒了滿滿一杯牛奶遞給小雅。

小雅伸手接下，但卻沒有動口。

「編輯……是責任編輯嗎？還是美編呢？啊，難不成是總編輯？」小雅問，大輔意外發現他對編輯業還挺了解的。

「是責任編輯。不同類別的書，責任編輯的任務也有不同，據小高的說法……啊，我的朋友叫高知彰，因為我們剛好都姓高，其他人都叫我大高，叫他小高。」

大輔沒有說，小高的名字看似風雅，但其實開學不到一個月就有人發現端倪，從此無法擺脫「高智障」這個綽號。

幫小孩取名前一定要先去ＰＴＴ問過有沒有諧音哏就是這道理，也因此好友此生幾乎不使用本名。

「小高負責原創小說部門，據他的說法，小說的責編就是協助作家修改大綱、修正文詞、潤飾情節的豐富度，還有提點小說裡前後矛盾和不合理的地方。有時作家沒有靈感時，也會擔任替他們激發點子的角色。」

「感覺很有趣。」小雅說。

「但也很辛苦，小高當責編那段日子，幾乎都工作到三更半夜。我以前曾經和他一起租屋在外面住，他回家的時候都已經凌晨三四點，有時候半夜還得接印刷廠或是作者的抱怨電話，房東那時候還以為小高在做特種行業。」

大輔回憶著說。

「不過小高是很優秀的責任編輯。他負責的原創書籍，有好幾個系列成了出版社的招牌看板，暢銷到現在都還在出續集。」

小雅歪了歪頭問：「那為什麼後來會變成書店老闆？」

「後來他辭職了。」

大輔注意到小雅牛奶一口也沒動，反而一直盯著他的文稿。

「他當編輯最後一年，出版社發生了一些事。有個小高負責的作家，忽然在網路上發表對他不利的言論。」

「不利的……言論？」

「嗯，詳情我也不是太清楚，但小高他對小說確實比較挑剔，以前我的作品給他試讀，他總是把我寫的小說批評得體無完膚，據說他在出版社也是這個脾氣，所以很常跟他負責的作家起衝突。」

某些方面，這也是大輔後來沒有繼續寫作的原因。雖然聽起來很像藉口，但作者的心靈總是特別脆弱。

雖然檯面上說儘管指教無妨，但實際上聽了惡口評論後，下次再提筆寫同一篇作品時，腦內總是會浮現那些惡毒的語句。

不知不覺，那些惡評就像枷鎖一樣，讓大輔綁手綁腳，無法再邁開腳步寫下去。

「那個作家是新人賞比賽出身的，在網路上也小有名氣，對自己的作品大概滿有自信的。他在比賽後也很快交了續集的稿子，但小高讀了之後，卻馬上將他的作品打回票，要他全部重寫。」

無聊透頂——據說這是當時老友對該作家新作的評論。

「那個作家後來又交了好幾次稿，但都被小高退稿，這樣退個七八次，那個作家就忽然不再交稿了。

過了一陣子，小高被總編輯叫去，才知道那個作家在網路上說他的壞話，內容大致上就是指責出版社刁難作者，說明明舉辦新人賞，卻阻止有前途的作家出書，照著出版社給的大綱寫作，結果卻被惡意退稿，諸如此類。」

大輔搔了搔頭髮。

「本來那個作家只有貼在自己的粉絲團什麼的，但後來被有心人士轉貼，那篇文章就在各大熱門論壇流傳，弄到後來連出版社的人都知道了，還掀起了撻伐出版社和檢討文學賞的論戰。」

「所以大輔先生的朋友就……辭職了嗎？」

「這倒是沒有。」

大輔否定了小雅的猜測。說到他那位國中同學，心靈堅硬的程度是他生平所僅見，以前大輔只不過在網上被批評個兩句，就會像角落的蘑菇一樣封網療傷很久。

但小高並沒有，大輔記得那件事發生時，老友約他出來吃飯，還當著他的面抱怨編輯工作跟奶媽沒兩樣，要替作家的作品把屎把尿外，還要照顧各種陰溼怪胎作者們的心靈世界。

只要能做出好書，一切都值得——大輔還記得老友的結論。

「對編輯來講，做出好書比什麼都重要。」

大輔說著。

「編輯和作家不同，作家的名字會登在書的封面上，但編輯不會。人們知道一本書編輯是誰的管道，就只有書最後版權頁小小的一行螞蟻字。也因此編輯對整本書來講，幾乎是匿名的、不會被任何人注意的。

所以編輯再怎麼名聲差、怎麼被誹謗都無所謂，正因為他們籍籍無名，編輯的堅持和用心才比任何人都重要。」

大輔幾乎是複誦著老友當初的話。

「好帥氣呢。」小雅感嘆地說。

「對吧？要不是他從小到大都是個胖子，我會迷上他也說不一定。」

大輔笑了兩聲，發現小雅直盯著他瞧，忙搖了搖手。

「我只是打個比方。沒有什麼奇怪的意思，你……你不要誤會。」

小雅歪了一下頭，大輔耳根子發熱。跟白華交往的事，大輔幾乎沒讓任何親友知道。

實際上，大輔在成長過程中雖然多少知道自己的性傾向，但真的和男人發生關係，白華還是第一個。

也因此他並沒有什麼自己是同性戀的自覺。至少和小高相處了幾十年，大輔很確定他對老友並沒有任何超友誼的遐想。

「那後來為什麼又辭職了呢？」小雅繼續問。

「嗯啊，編輯的工作朝五晚九，日夜顛倒飲食又不正常，小高後來自己搞壞身體，跑醫院跑到醫生都跟他變成朋友，還嚴重到要插鼻胃管什麼的，不得已只好辭職休養身體。他辭了編輯之後，就用畢生積蓄開了家書店。」

大輔說著。

「他很喜歡《詩經》，常常說《詩經》是華文界第一本暢銷書，他最常引用的就是孔子對詩經的書評：『詩可以興、可以觀、可以群、可以怨，邇之事父，遠之事君，多識於鳥獸草木之名。』某些方面來講也是書的功能，所以才把書店取名『鹿鳴』。」

「鹿鳴」開張差不多是在十年前，正好是網速變快、網路圖書開始迅速蓬勃發展的時期，同時也是書店開始走下坡的時候。

老友開店之後沒多久就面臨赤字危機。加上身為前編輯，對書的堅持又多，比起進些好賣的考試用書和雜誌，老友特別偏好一個月不見得賣得出去一本的小說。

很快鹿鳴就窮到連房租水電都付不出來，老友的身體狀況也跌到谷底。

小雅聽了大輔的解說，感覺好像想起了什麼，剛要插嘴，大輔已繼續說了下去。

「他把書店交給我後，好像說要去普羅旺斯之類的地方休養生息，大概是前年的事情了吧？之後就再也沒他的消息了。」

大輔又嘆了口氣，一口飲盡手裡的啤酒。

「我以前還曾經跟他約好，如果我寫出好作品，他就當我的編輯，一起出本暢銷書呢，可惜恐怕是沒能實現了。」

小雅沒有回話，只是用一種若有所思的表情望著大輔。大輔捏了手裡的鋁罐，從沙發上站起來。

「已經很晚了，今天就早點睡吧。明天有空的話，帶你去我學生時代最喜歡的一間圖書館。」

大輔說著，起身打算去洗澡。小雅卻忽然像是下定什麼決心似的，從椅子上站起來走向大輔。

「大輔先生。」小雅低垂著頭。

大輔一瞬間有點緊張，畢竟這小小公寓只有他們兩個，雖然可能性不大，但大輔有想過，若少年忽然向他表達好感什麼的，那他該如何是好？

白華沒有跟他告白過，他和那人的關係一直自然而然，在床上以外的時間，相處起來都像朋友。

這讓對「戀愛」有文學作品式憧憬的大輔一直沒有自己在談戀愛的感覺，這段戀情就這樣結束了。

「大輔先生跟我說了這麼多，還、還讓我有住的地方，之前還放過我偷書的事情，我也不能再瞞著大輔先生了。」

小雅捏緊十指，在大輔面前抬起頭。

「我、我其實……並不是人類。」

第三節

大輔發現前男友已婚的契機，其實來得很偶然。

那天他母親那邊的親戚來北部開刀住院，要大輔去探望，大輔便交待小仙女幫忙看店，自己去附近水果店買了籃水果，到醫院去探望病人。

親戚當然跟他寒暄了一陣，而天底下親戚會寒暄的內容差不多都那些，不外乎有沒有女朋友、什麼時候結婚、結婚後生幾個小孩等等。

身為三十多歲的專業單身漢，大輔也練就一身應付這些問題的本事。當時他和白華也邁入穩定交往的第五年，那人在市區有間兩房一廳的屋子，大輔在交往第二年搬進去住。

雖然無法成為世人所稱的夫妻，但大輔對當時的生活很滿意。白華大多數時間在他所稱的工作室工作，一週只回家個兩三天，因此公寓後來幾乎被大輔占據。

大輔當時已辭了工作，接手鹿鳴書店，兩人時間都算自由，時不時會一起出門旅遊。

大輔也從未想過白華會有出軌或劈腿的問題。倒不是對雙方關係有自信，而是那人看起來實在太宅了。

除了工作，白華每天就是窩在家裡打電動，不然就是聚精會神地在藍光螢幕前追 Netflix 的新劇集或新番，再兩眼放光地上網分享心得。

那天他探完病，出了醫院，想繞去附近吉野家吃個午飯。

醫院這區離白華的公寓有段距離，如果不是探病，大輔的生活圈很少觸及這裡。

那天是週日，吉野家裡充滿家庭和小孩。

大輔挑了個不起眼的吧檯位置，點了碗泡菜牛丼默默填飽肚子。

這時身後忽然傳來小孩的喧鬧聲，大輔本能地挪了一下掛在椅背的包包，避免妨礙到別人，也沒有特別回頭去看。

這時頭頂卻傳來熟悉的聲音。

「好像沒位置了，我先下去點餐，妳和 Maggie 在上面等看看位置好了。」

大輔當時還愣了一下，以為只是聲線很像的人。

但下一刻那人就走到他身側，大輔至今還記得那個情景，他看見某個和他交往、同居五年的男友長得一模一樣的男人，走到怎麼看都像是他太太的女性身邊，手裡還抱著一個三歲左右的女孩，右手則推著嬰兒車。

而那個女性還自然地和白華交談。

「好，我看那邊那個人快吃完了，你要記得帶錢包喔，老公～」

他眼睜睜地看著白華把女孩交給女性，從女性手裡接過錢包，摸了下女孩的頭頂，轉身掠過他身側，往樓梯那裡離去。

大輔的泡菜牛丼還哽在喉嚨裡，卻怎麼也吞不下去。

他匆匆喝了味噌湯，用包包擋著自己的臉，也不記得自己是怎麼走出吉野家的，就這樣逃回鹿鳴書店。

他在陰暗的倉庫裡坐了一天，直到打烊時間，小仙女來請示他可否下班，大輔才在重重書堆包圍下恢復對時間的感覺。

他想過很多可能性，可能白華跟妻子已經離婚，那天只是小孩的探視日，許多小說都是這麼寫的，而他沒必要跟交往對象談及這種私密的過去。

他也想過，這可能只是白華增加靈感的方式，像他常提及的 Cosplay 什麼的，他也經常會和大輔玩假設遊戲，比如請大輔表演被惡少包圍的婦女，而他飾演英雄救美的勇者。他只是找個臨時演員演他的老婆罷了。

他還想過更戲劇化的：白華有個失散多年的雙胞胎兄弟，一直在這個城市的兩端各自生活著。

而那時白華好巧不巧發了簡訊過來：「我趕完稿了，一起去東區吃拉麵？」

大輔盯著那封簡訊，不知道該回些什麼。正常來講他應該質問他，像是八點檔連續劇那樣——剛才跟你在一起的那個女人是誰？之類的。

但大輔只是發著呆，腦內組織不出任何文字。

最後他拍了吉野家的收據，收據上有他結帳的日期和時間，還有分店名。

他把收據用簡訊傳過去，繼續坐在書堆裡發呆。

五分鐘後，對方回了那封簡訊。

你知道了。

簡訊上只有這四個字。

大輔看著那四個字，忽然覺得很可笑。他並不是情感濃烈的人，真要說的話，他對感情的事一直得過且過，遇到白華之前，也覺得戀愛這種事可有可無。

以前學生時代曾有人跟他告白過，有男有女，但大輔都嫌麻煩，不是沒有答應，就是曖昧著曖昧著有天就自然消融。

朋友也好情人也好，大輔一直抱持著隨緣的態度。就像小高——跟他十多年的老友，有天丟下書店就人間蒸發，大輔也不覺得心靈受傷或有何不妥。

這是他人生僅此一次稍微認真談的感情，就這樣忽然畫了休止符。

大輔原以為自己會更難過一點，但他只是覺得茫然，有點悵然若失，僅此而已。

你的「門」沒有開——大輔想起白華給他的六字考語。

可能真是如此吧，他這個人心底有什麼東西始終沒有打開，導致他對情感的反應也與常人不同。石頭只能在他心底產生漣漪，卻無法擾亂一池春水。

他回簡訊給對方：我們該怎麼辦？

對方回他：那就分手吧。

大輔事後沒有再和白華聯絡。白華沒有進一步解釋，大輔也沒有追問的興趣。

當天晚上大輔就自己搬出白華的公寓，連牙刷內衣褲那些生活用品都來不及帶走。

大輔以前看電影或是小說評論，看到男女主角轟轟烈烈地談感情，今天一個小三明天一個老王的，都會邊吃爆米花邊感嘆戲演得真誇張。

但沒想到如此誇張的劇情就發生在他的日常生活裡，而他顯然還是這齣劇的主人公。

人生如戲。當時大輔腦海裡浮現這個句子。

然而即使發生這種事，至少還在大輔可理解的劇情發展範圍。

這天晚上發生的事，卻完全不是同一個檔次。

如果以小說語言來講的話，就是所謂「超展開」吧？

「什麼意思……？」大輔記得自己問眼前的少年。

「就是字面的意思。我、我和大輔先生不一樣，我……不是一般人類。」

大輔腦內大綱又開始運作，跑出倩女幽魂之類的劇本。

「那你是什麼……？」

大輔確認了一下，少年有手有腳，倒映在牆上的影子看起來也不像哥吉拉。

「唔，我也不知道我是什麼。應該說，我不知道我是怎麼來的。」

「怎麼來的？你是外星人？來自異世界？平行空間？蟲洞？」

「呃……我也不知道。」

大概是大輔的臉太過黑人問號，小雅奮力解釋著。

「我清醒的時候發現自己在垃圾堆之類的地方，身邊堆滿了書。我就開始進食，進食讓我意識越來越清楚，腦內對這個世界的知識也越來越豐富。

後來我循著香味到了那個有很多書和電腦的地方，啊，就是大輔先生說的『網咖』，遇到那位願意借我住的大哥，那人還替我取名叫『小雅』，我就在那邊住了一陣子。但我還是不知道我是誰，為了什麼來到這個世界上。」

大輔終於做了個「STOP」的手勢。

「等一下……先讓我整理一下，你說你在垃圾堆之類的地方？」他按住太陽穴。

「嗯，正確來講……我是後來才回想起來的，是資源回收場的紙類回收區，就是大輔先生說要把食物……把書送去的地方。」

「食物？」大輔沒有放過少年的關鍵字。

「嗯，我無法吃一般人類吃的食物。我的食物，就是這些被你們稱為『書』的東西。」

小雅的眼神十分認真，語氣裡找不到一絲可以認為他在開玩笑的餘地，但大輔還是無法理解。

「你的食物是書？但書要怎麼吃？」

「呃，就像大輔先生吃東西那樣。」

「用嘴巴吃？用牙齒咬？吞進胃裡？」大輔露出看見慈孤觀音的表情。

小雅居然點頭。

「而且不同的書種，對我而言有不同的吸引力。就像人類會吃各種食物那樣，我可以透過進食不同的書籍內容得到滿足。比如吃衣物類的書籍，就會有人類穿衣溫暖的感覺；吃建築類的書籍，就會有遮風擋雨的效果。」

「……吃十八禁的書呢？」

「嗯……那方面就會得到滿足。大輔先生，你的表情好可怕……」

大輔用手托著額頭，試圖整理思緒，但心中的疑問太多，記憶體有點不夠處理。

「所以你才來偷各種不同的書……？」

「對。抱歉，因為我沒有人類用的貨幣，我現在的外表也不知道該去哪裡賺錢。」

小雅露出惶恐的表情。

大輔想了下，走到客廳的玻璃書架，拿了一本《國語字典》。

「你吃吃看。」大輔把書推到少年面前。

「唔，可以是可以，但這本書看起來有點過期……」

「吃就對了。」大輔堪稱執著地說。小雅只好遲疑地接下書，在大輔的盯視下把那本書湊近口邊，張開嘴，上唇含住書邊——然後咬了下去。

大輔怔然看著眼前超現實的一幕。只見個頭只到他胸口的少年就這麼張大著口，把那本厚得跟枕頭一樣的書，在五分鐘之內，從封面到內頁、從內頁到封底，吃得乾乾淨淨。

紙屑從小雅唇邊漏出來，被少年伸手拭去，大輔才終於清醒過來。

「呃，味道真的有點酸酸的。」小雅皺了下眉頭，打了個嗝。

大輔總算明白當他問小雅為何不去圖書館借書時，小雅說的那句話的意義了。

因為無法歸還。

他實在無法順利把腦內資訊和眼前的情境連結起來。他又從書櫃裡拿了兩三本書，分別是張愛玲的《傾城之戀》、勒瑰恩的《地海故事集》和余光中的《白玉苦瓜》，一併拿到少年面前。

「你再吃吃看這些。」

「這些是大輔先生的收藏吧？而且感覺都是品質很好的書……」

「沒關係，給你吃。」大輔說。

小雅遲疑地接過。他先從《傾城之戀》開始，看得出來這本比之前那本美味許多，至少少年像吃蜂蜜蛋糕一樣，不花什麼力氣便把那本書吃乾抹淨，還意猶未盡地舔著手指。

一路吃到《白玉苦瓜》時，大輔也不得不承認眼前看到的，是發生在現實世界的事情。以前在網路上看書評時，常會看到有人說「發生某某劇情時我就吃書」、「讀完想把整本書吃了」，大輔作夢也沒想到現實真的能做到這種事。

「不吃書的話，你會怎麼樣嗎？」

「呃，跟人類一樣，不吃的話肚子會餓，久了會沒有力氣，如果持續不進食的話，應該會死吧。」小雅表情惶恐。

「你試著吃過人類的食物嗎？」大輔問。

「嗯，網咖的大哥有分他的維力炸醬麵給我試吃過。」

「結果……？」

「……跟大輔先生你吃書時的感覺一樣。」

「……我明白了。」

小雅還跟他解釋了不少關於他的狀況。書對小雅而言還不只有填飽肚子的效果，小雅在攝食的同時，也會獲得書中的知識。

也因此，吃的書越多，小雅對這個世界的認識也就越深。目前為止他對人類世界的知識，都是從他吃的書裡得來的。

這便可以解釋為何小雅如此缺乏常識，卻對某些知識異常清楚。

除此之外，進食對小雅還有個重要的功能，那就是成長。

大輔還記得自己一覺醒來，發現少年已經從臥房搬到客廳，和他一起睡在沙發底下。而少年的頭髮看起來比昨天要長，手腳應該不是大輔的錯覺，已經比偷書被逮到那天要細長健壯許多。

少年說，他記得自己在回收場醒來時，外表看起來像是人類三歲左右的孩子，那也是他對這個世界最初的記憶。

但隨著吃的書越多，小雅發現自己的肉體也隨之長大，從小小孩長成國小學生左右的樣貌。

在這時候他遇見了替「小雅」取名字的人。那人住在「鹿鳴」附近的網咖裡，而且好像一直住在那裡。

「網咖難民嗎……？」大輔猜測。

最近這種人似乎很多，怪就怪北部都市的房租都很嚇人，而現在的網咖淋浴間什麼的一應俱全，長住還有折扣。

小雅跟著那人在網咖住了一段時間。網咖也是需要處理報廢書籍的，庫存的漫畫到了期限，就必須想辦法以二手書的方式出賣，或是回收。

那人知道小雅的祕密，就和網咖老闆商量，以低價買下大量的報廢漫畫，給小雅作為日常食糧。

「但是網咖的書，好吃和不好吃相差很多。」小雅皺著眉頭說。

雖然有得吃就應該感激，但小雅說有些漫畫不是調味太重鹹，就是過於清淡，味如嚼蠟，還有些有奇怪的異味。

比如小雅說他吃了一整套《監獄學園》，後來拉肚子拉了三天。

而且漫畫對增長小雅的常識並沒有太大幫助，反而讓他多了許多奇奇怪怪的知識。小雅因此知道地球的人類手腳都會伸長、小學生會推理協助警察破案之類的。

所以後來小雅才起念去書店偷書，據他的說法，書店的香氣和網咖完全是不同等級。

拜大量的報廢漫畫所賜，小雅的身體也在短短三個月內順利成長。

從小學生的外貌到中學生，現在大輔目測他應該有高一左右的身材，而且還在持續發展中。

第四節

週日時大輔到鹿鳴上班，小雅在他的住處待了快一週，大輔也慢慢接受小雅真的不是人類的事實。

他晚上下班會帶些放了很久的倉儲書籍，他不知道小雅一日的食量，便在能帶的範圍盡量多帶。

看小雅每天都滿懷期待地站在玄關，抱過他帶回來的書，穿著睡衣坐在沙發上啃書（真的是啃）啃得津津有味的模樣，大輔不知為何很有成就感，有種養小孩的單親爸爸的感覺。

大輔從塵封的書堆後找出一大疊介紹風土人文的滯銷旅遊書，打算帶回去給小雅進食時，店裡的電話忽然響了。

「喂，您好，這裡是鹿鳴書店。」

大輔才拿起電話，另一頭就傳來十萬火急的聲音：「店長！你怎麼都不接手機！」

大輔愣了一下，認出是小仙女的聲音。他因為怕白華再傳簡訊給他，所以這幾天都有點逃避心態，手機都是關機的。

「心蓓嗎？怎麼了？妳今天不是休假嗎？」大輔問。

他隱約知道這週末小仙女要參與一個大活動，具體是什麼活動大輔不清楚，但感覺對她很重要，這之前的一週，小仙女一下班就立即往外衝。

「大輔店長，我有事情要拜託你！真的非常抱歉，但看在我這幾年賣命工作的分上，可以請你馬上到我說的地址去幫忙嗎？拜託你！我會用LINE把地點告訴你的！」

「慢、慢著，幫忙？幫忙什麼？妳今天不是有活動嗎？」大輔忙問。

「啊～～就是那個活動！我昨天晚上就請小精靈先去千葉拿新刊，但小精靈說內頁有排版顛倒的狀況，要緊急貼修正頁。我本來今天早上要提早去幫忙貼修正頁順便扛新刊的，但是我拉既刊出捷運時跌倒，被行李箱壓到腳，現在人在醫院。」

小仙女說了一大堆大輔聽不懂的外星語言，但受傷這點大輔還是聽得懂的。

「那妳還好嗎……？」

「一點都不好！CWα是十一點開放入場，社入更早開放，我已經答應很多人要幫他們留新刊，要是沒辦法順利送到，這場就窗定了。」

「呃，所以妳是希望我幫妳送……送那個什麼新刊？」

大輔勉力從一堆異世界語言中拼湊出有用的訊息。

「嗯，現在再叫小精靈他們坐捷運去會場就太晚了。我認識的人裡面會開車，又願意無條件幫助別人的好人就只有店長了。拜託你了，店長，這是我田心蓓一生一次的請求！」

雖然對「無條件幫助別人的好人」這個身分有點意見，但大輔還是問明了地址。

依小仙女的解釋，那地方好像是個印刷廠，會有小仙女的朋友、小仙女稱之為「小精靈」的人在那裡等他。小仙女還建議大輔最好帶個壯丁去。

大輔沒什麼男性朋友，唯一熟識的男性就只有白華和小高，前者當然不可能找來幫忙，後者還在人間蒸發中。

大輔想來想去，只好撥了三天前存在手機裡的那支電話。

小仙女指定的地方在車站附近，大輔便和小雅約在捷運閘門口。

少年戴著不知從哪裡找來的鴨舌帽，穿著大輔還沒發福時的細管牛仔褲搭上白襯衫。他現身在手扶梯口時，大輔不禁感嘆男大十八變。

大輔不得不承認男人的肉體對他還是有一定吸引力，而這種介於少年和男人之間的年紀更有種莫名的魅力。

「大輔先生，我來幫忙了！」小雅看見他，摘下鴨舌帽，露出那張益發端正的臉蛋，對著他揮手微笑。

特別是小雅對他毫無防備心，完全把他當成一位好心腸供吃供住的大叔。大輔想，應該要找些人心險惡的書讓他進食，像是《蘿莉塔》或是《紅樓夢》等等的。

大輔帶著小雅循著小仙女給的地址，找到車站附近舊大樓的七樓。

印刷廠的名字叫「千葉」，根據小仙女不清不楚的解釋，好像是接受小量印刷的家庭式印刷廠，負責人叫做「蟹哥」。

小仙女說，活動裡八成的刊物都是從那家印刷廠出來的。

「刊物……？是書嗎？」小雅敏感地問。

「嗯，心蓓好像有在畫漫畫，然後再自己印成書的樣子。」

「咦，自己印嗎？」小雅感到驚訝。「不用透過出版社？」

「是啊，其實在我的大學時代，也會有人自己印詩集。自己印書可以不受出版社限制，把喜歡的文字出成冊，但我不知道漫畫和小說也有人這麼做就是了。」

大輔和小雅遲疑地坐上老舊的電梯，一出電梯門，大輔便看到走道上堆了滿滿像是書或雜誌的東西，一路堆到天花板，書名也都很神祕，像是《嘿執事》，還有什麼《Yuri on BED!!!》之類讓人摸不清頭緒的名字。

走道盡頭有個房間，看來就是小仙女說的印刷廠。

門口早已塞滿了人，有些人正忙著把那些神祕的書籍裝箱，有些人則靠在切邊用的機器旁，好像在替書籤之類的東西裁邊。

而且這些人跟小仙女不知為何都有點像，應該說是氣場有點像。大輔在白華身上也聞得到相同的氣味。

「你是仙大說的店長嗎？」

大輔還在東張西望，兩個女孩便從房間裡走向大輔。兩人同樣都戴著眼鏡、綁著馬尾，若非細看，還會以為小仙女多了姊妹。

「啊，是，我叫高大輔。你們是心蓓說的小……心蓓的朋友？」

「果然是！哈哈，我就在想這裡怎麼會忽然出現這麼像 Coser 的人，仙大說得沒錯，店長真的是土方型的帥哥呢！」

女孩說著和小仙女一樣的外星語言。

小雅一直跟在大輔身後，好奇地東張西望著。大輔想，這地方對小雅而言可能像極了夜市，因為小雅對著角落某堆刊物露出了看見大腸包小腸的表情。

「我們是仙大工作室的夥伴，也是負責這場的小精靈，店長叫我們精靈一號和二號就可以了。」

另一個女孩笑著接口，大輔終於忍不住問了：「仙大……是？」

「喔，就是她的筆名啦！店長不知道嗎？仙大在網路上是很有名的繪師，她的刊物每場都是中午前就完售。啊，她的筆名全稱是「眷戀羽毛筆的仙女」，仙大會寫文也會繪圖，新刊都是她自己寫劇本的，我也算她的腦粉呢！」

眷戀羽毛筆的仙女……先不論這筆名的品味，大輔總算知道為何田心蓓的 LINE 暱稱會一直掛「小仙女」了，大輔還想說田心蓓不像是那麼自戀的人。

「呃，所以心蓓都自己出書嗎？妳們說的新刊什麼的。」

大輔跟著精靈一號和二號走進房間盡頭的房間，裡頭充滿書本和紙張，空氣裡飄散著碳粉的氣味。

遠方有台巨大的海報印刷機運作著，裡頭還有不知為何養了至少一打的小狗，在忙著搬書切邊的人群腳邊亂竄，讓大輔有種掉到霍格華茲的暈眩感。

「是啊，不過一般會說『同人誌』啦，當場次新出、預購的刊物就叫做新刊，之前場次出的，沒完售的刊物就叫既刊，但在仙大的場合，多數都是同場完售就是了。」

小精靈二號似乎感知到大輔非我族類，盡量使用痲瓜的語言解釋著。

「但是排版呢？校正呢？還有封面那些怎麼辦？」

大輔問，小精靈一號便笑了。

「當然都是自己做啊！現在 InDesign 還有 Photoshop 什麼的軟體都很方便，甚至也不用自己跑印刷廠，場次之前幾乎都是用電子檔交流，才會發生這種排版顛倒或漏印的狀況，不過我們都熬夜處理好了，店長只要幫忙載到會場就可以了。」

「所以是心蓓委託妳們做的？妳們在出版社工作嗎？」

小精靈一號把書放進紙箱裡，小精靈二號則幫忙封箱。

「沒有。別看我這樣，我平常在會計事務所工作，她也有自己的正職，仙大平常也在書店打工不是嗎？我們都是用業餘時間在做的。」

「那為什麼不投稿呢？讓出版社出版不是比較快嗎？」書店老闆問。

「嗯……怎麼說，自己出書比較自由啊。何況有些東西出版社是不能出的，比如衍生創作。」

「衍生？」

「就是既有作品的二次創作，有些漫畫或影集裡的角色或CP特別受歡迎，就會有人寫這些CP的衍生創作，像仙大這次出的新刊就是衍生喔。」

大輔幫著一號和二號把那些「書」裝箱。說是書，眼前的刊物大約只有半公分左右的厚度，封面是全彩印刷，書名是《冰與火汁歌》。

大輔也明白小仙女為何叫他要帶壯丁來了，一號說這房間裡從這個角落到那個角落都是要帶到會場的新刊。

「自己印書賣很賺錢嗎？呃……我是說，這有利潤嗎？」

「利潤有是有……根據大手的程度，在這世界賺很大的人也是有的，但多數人不是為了錢才走同人誌這條路。」

「不是為了錢……那是為了什麼？」

大輔看到一號和二號抬起頭，同時露出笑容。

「當然是為了愛啊。」

小精靈一號說，二號跟著點點頭。

「哈囉，你們那邊還好嗎？小仙女更改後的新刊都搞定了？」

這時影印機後面傳出男性的聲音，大輔看見有個穿著T恤和夾腳拖，身上披著毛巾的中年男子從紙堆後面探出頭來。

「搞定了，仙大請她打工地方的店長來幫忙，我們待會兒會自己把刊物載到場上，謝謝你的幫忙，蟹哥。」

「不客氣，祝你們順利完售！」

男子對她們揮揮手，又埋頭回印刷機後面工作了。

✎✎✎✎

小雅和大輔幫著小精靈把書扛到車後座，開往會場時，已經是接近上午十點半的時候，兩個女生看起來都鬆了口氣。

大輔看見被稱為「會場」的體育館旁排滿了人龍，許多人手上都拿著像介紹手冊之類的東西，不少人提了花花綠綠大包小包的紙袋，還有人拉著行李箱，正準備從被小精靈稱為「社入」的入口把書運進去。

大輔替她們把書送到入口，那裡也有接應的女孩子，她一看見一號和二號就衝過來。

「妳們總算來了！我的天呀，我還以為這次肯定要窗了！」

一號去場邊借了推車，小心翼翼地把紙箱堆上去，二號還幫忙撐傘遮住書箱，避免被毛毛雨淋溼，一群人像保護什麼祕寶似的匆匆入場。

這讓大輔有點感慨，上一次看到有人以這麼珍視的態度對待書本，不知道是多久以前的事。

書店老闆當久了，看到的不是站在書架前翻免錢書，連掏錢買書都懶的奧客，就是對待滯銷書跟處理廚餘一樣的通路業者。

「對了……店長，謝謝你們幫忙，這個送給你。」

一號忽然回過頭來，從紙箱上頭抽了兩本《冰與火汁歌》，分別遞到大輔和小雅手裡。

「咦？這樣可以嗎？不會數量不夠嗎？」

大輔有點受寵若驚，小雅則用一種看著草莓蛋糕的垂涎神情望著那本書。

「沒關係的，仙大是開版印刷，本來就會留很多樣書，如果能因此推店長坑的話那就更好了。」一號用充滿愛的語氣說著。

社團入場有人數限制，大輔本來想要不要自己去買個票，帶小雅進場去開開眼界，但看到媲美 iPhone 手機開賣時的入場排隊人龍，還是決定打消這個念頭。

回鹿鳴書店的路上，小雅反覆翻著手裡的書。

他用一種詢問的眼神看著身邊的大輔，大輔便遲疑地對他點了下頭。

「呃，既然是多出來的書，應該……可以吧？」

小雅立刻拆了塑膠封套，把那本薄薄的書捧在手上，像準備享用什麼大餐似的深吸了口氣……然後把唇咬了上去。

紙張和油墨像是融化一樣，迅速在小雅口邊消失無蹤，大輔還是第一次看到小雅如此急切的樣子。

而且小雅的表情十分陶醉，大輔看他彷彿享用美食般微瞇著眼，鴨舌帽下的長眉緩緩疏展開來。書的最後一角消失在他唇角時，小雅還嘆了口氣，他注意到小雅連嗓音都變了，開始有著男人低沉的磁性嗓音。

「好吃嗎？」大輔忍不住問道。

「嗯，非常。」小雅望著天空，有些失神地說道。

大輔頗感意外，這些日子來，他也慢慢摸清楚小雅對於書本「好吃」和「難吃」的基準。

大致上被世人評價為好書、奉為經典的作品，對少年而言也會是美食。

相對的，像是滯銷、沉悶或是放了很久過時效的那種書，吃起來就不那麼美味，只能填飽肚子而已，狀況差的時候甚至還會吐出來。

大輔有點意外。過去只有餵他吃《傲慢與偏見》時，有聽過他稱讚「雖然放得有點久，但還是超級好吃」，除此之外最多也只有「滿好吃的」。

能被小雅評價為「非常好吃」，還是出自認識的人之手，大輔還真有幾分好奇。

同時心情也有點複雜，他也不知道為什麼。

小仙女在鹿鳴打烊時分出現在店裡。她的左腳包了厚厚一層繃帶，看起來十分疲倦，據說她從醫院出來後就直接趕往會場，替來場的客人簽繪，一直忙到剛剛。

「店長，這次真是太謝謝你了。」

小仙女難得對他低頭，大輔忙搖了搖手說：「沒什麼，我也只是幫忙載書過去而已，而且託妳的福，我也開了個眼界。沒想到妳還是個暢銷作家。」

小仙女沒有正面回應大輔的恭維，大輔便又問：「妳做很久了嗎？我是說像這樣……自己畫畫、印書什麼的？」

「算是吧。一開始是高中的時候和別人出合本，後來畫出了興趣，就在創線和 Pixiv 上連載自己的漫畫，不知不覺就變成這樣了。」

小仙女聳聳肩。不知道是不是大輔的錯覺，他覺得小仙女對於有人當面提起這些事不太自在。

「有想要當專職的作家嗎？」大輔又問。

「沒有，也沒那個本錢，專業的世界可是很嚴苛的。」

小仙女堪稱冷漠地說著。

「……對了，小精靈她們說，店長還有帶一個男高中生過去，是店長的朋友嗎？」

小仙女轉移了話題。大輔還沒回答，小雅就從他身後鑽了出來，用一種彷彿小粉絲看偶像的表情，兩隻眼睜圓盯著小仙女。

「妳就是寫出那本書的人嗎？」

他用雙手一把握住小仙女的手。就外表看來，小雅的年紀還比小仙女小上三四歲，小仙女也對這一言不合就握手的高中生感到驚訝，但她很快認出他是當初那個偷書賊。

「啊，你不就是……」

「謝謝妳，妳的書……真的很好吃。」小雅誠懇地說道。

「好吃？」

小仙女又怔了一下，剛要問些什麼，大輔已經一把將少年扯了回來。

「沒什麼，他很喜歡書，剛好妳的小精靈又送了我們兩本，他讀了之後很喜歡，一直說要跟妳見個面。」大輔對著小雅使了個眼色。

如果讓小仙女知道小雅不是人類，不知道會發生什麼事。大輔想得到的就是衛生署找人來把小雅綁走，送去實驗機構解剖他的胃，不然就是被大批媒體包圍。

「請問妳還有其他的書嗎？」小雅又問。

「如果你是問下場次的新刊的話，我們工作室會出『戀與總編輯』裡面一對男性ＣＰ的同人本，但現在還在製作期，看在店長的分上，我可以幫你預留一本。」

「那之前的書呢？」大輔幫問。

小仙女用眼神打量著大輔和小雅，似乎在思考些什麼，但她還是答了。

「有是有，但比較多是原創。我的原創不怎麼有趣，還是算了。」

她有點困惑地瞇起眼睛說：「你是那個偷書賊……是那個國中生嗎？是說你什麼時候和店長這麼熟了啊？」

小仙女歪了下頭，語氣不是很肯定，畢竟小雅在短短數日內長了至少三歲，還是處在人類成長最劇烈的青春期，也難怪小仙女會感到困惑。

「因為他請我帶他去圖書館，剛好這天他有空，就一起過去幫忙搬書了。我、我們並沒有什麼可疑的關係。」

大輔欲蓋彌彰地說著。小仙女用狐疑的眼神看了小雅一眼，像是理解到什麼事般，緩緩推了下眼鏡。

「……店長剛失戀，他是個好人，你可以的話就好好照顧他吧。」

大輔覺得耳根子熱了一下，他剛要攔阻小仙女繼續口無遮攔，小雅卻慎重地點了頭。

「我會的。」

女孩無奈看著放在自己門口的花。

她和母親住在於資源回收場一角，以鐵皮搭建的小倉庫裡，每天靠著協助母親撿資源回收維生。

但最近資源回收競爭越來越激烈，特別是好賣的鐵罐和五金用品，往往要提早去垃圾處理場枯等，因此女孩最近幾乎都是早出晚歸。

她知道這些花都是附近花店那個男孩送的，但她明明不只一次叫他不要再做蠢事了。說起那個男孩，他也是個怪人。女孩住處那間花店歷史悠久，從女孩出生時就存在。據母親的說法，花店的老闆是個怪人，平常有人掏大把鈔票來買花，老闆都未必肯賣，但有窮得一清二白的小夥子來，老闆卻願意免費送他一束玫瑰，原因是「看得出來是有情人」。

而不知從何時開始，男孩開始出現在那間花店裡。

男孩的年紀與她相仿，約略十五、六歲，也沒見他上學，女孩是早已輟學。男孩像是住在花店裡，不管早晚經過，都能看見他穿著花店的綠色圍裙，在花店裡忙進忙出的模樣。

某天下了大雨，女孩去了一個很遠的垃圾集中場找鐵罐。

她拖著沉重的鐵罐，匆匆經過早已夜幕低垂的街道，經過花店門口時，卻被一個聲音叫住了。

「對不起。」對方不知為何先向她道了歉：「我可以……送妳一朵花嗎？」

女孩相當錯愕，何況當下她又餓又累，需要的是一塊麵包，或至少一張毛毯，總之絕不會是毫無用處的花。

女孩拒絕了男孩，但男孩又追上去。

「我覺得妳需要它。」男孩說。他把一支花遞到女孩面前，女孩低頭一看，純白色的花色、黃色的花蕊，像鈴鐺一樣綴滿枝葉上，夜風撫過，女孩竟聞到一陣陣存在感極強的清香。「這是夜來香。」

男孩認真地說，把花又遞得離女孩近一些。

「妳拿去吧，會讓妳精神變好的。」

女孩實在沒力氣與他爭辯，何況這花也確實很香，能夠去除她身上垃圾場的臭味。於是她沒阻止男孩把花插到她的拖車上。

女孩回到家，和母親打過招呼便倒頭大睡。

隔天起來，雨過天晴，清晨的朝陽射進屋子裡。女孩往拖車上一看，夜來香已經謝光了，花瓣落了一地。

女孩禁不住冷笑，果然是沒半點用的東西。

她把夜來香拔起來，扔進旁邊的草地裡，拉起拖車，繼續一天的工作。

但從那之後，女孩發現，她的拖車上每天都會插上一束花。

有時是茉莉，有時是杜鵑，也有梔子花和滿天星、繡球花、桔梗、康乃馨、百合……有時甚至是玫瑰，還有許多女孩叫不出名字的花。

女孩知道是誰幹的好事，這些花看起來像是花店賣剩的，花形都不完美，但被人細心整理過，搭配成好看的花色。

但女孩實在無心欣賞男孩的藝術細胞，且花總是過夜即謝，女孩一律當垃圾處理。

女孩有回半夜醒著沒睡，目擊男孩帶花來的現場。

只見男孩躡手躡腳，先確定女孩和母親都睡了，才走到拖車前，慎重地用雙手捧著，緩緩將花擱在拖車上，又凝視了那些花葉良久，才滿足地轉身離去。

女孩依然彎身裝睡，半晌才翻過身，遠望男孩離去的方向。

送這種東西，一點用也沒有。

與其送她花，不如直接送她錢，或送她幾個鐵罐都還好一些。

等明早太陽出來再把那束花扔了吧，女孩想。

第五節

週一是鹿鳴書店這個月的公休日，大輔到書店加班處理物流工作，順便閱讀了小仙女那本《冰與火汁歌》。

因為是衍生創作，大輔並沒有看過原作，本來以為會閱讀困難。

但小仙女說故事說得相當清楚，原作也不是很複雜，因此大輔看完故事，差不多就理解原作的梗概了。大致上原作應該是個假設人人都有超能力的社會，而主角的學校是專門培養超能力英雄好打擊犯罪的。

小仙女選擇的角色具有同時操縱冰與火的能力，故事內容是他和另一個能夠操作炸彈的同學堅定友情產生的過程。

本來大輔對於這種衍生創作沒什麼興趣，何況原作還是漫畫，再加上又是自印書，大輔對自印書的品質沒抱持太大期待。

但細讀之後，大輔發現自己竟有點入迷。小仙女的故事設定相當完整，雖然是衍生創作，但故事劇情合情合理，人物互動也很自然，而且首尾呼應，看得出來是有好好設定過大綱的故事。

更難得的是人物感情。大輔並不認識裡頭的角色，但看到小仙女畫的角色在故事裡落淚時，現年三十五歲的書店店長竟有一種眼眶潮溼的感覺。

故事沒有很長，小仙女還在漫畫後附了小說的番外篇，是關於角色在學生時代的回憶。小仙女用輕快而別致的文字重述了兩人相遇的經過，以及內心對對方想法的轉變。

這是大輔第一次閱讀自家店員的文章，覺得彷彿重新認識了小仙女一樣。

如此細膩、安靜中帶著激情、充滿感性的文章，和那個總是戴著眼鏡，處理起書店奧客和對不起來的帳目雷厲風行的女孩，好像不是同一個人。

大輔在這本書裡，看見了屬於創作人的另一個鏡像世界。

仔細回想起來，在和白華交往的期間，大輔其實並沒有看過他的作品。白華曾經把自己出過的書送給大輔當禮物，但多數時候大輔都把它們束之高閣，連翻開都沒有。

不知道為什麼，大輔有種逃避感，關於看認識的人作品這種事。

交往時白華也曾說過想看大輔的其他作品，但大輔總是用各種理由搪塞過去。

現在大輔有點後悔。如果說看一個人的作品，能夠這樣深入地了解那人的另一個面相，說不定就可以及早發現端倪，不必在同一個人身上虛擲五年光陰。

久違地閱讀親友的文字，也讓大輔忽然有種難以言喻的騷動感。

說「嫉妒」太過強烈了，也不是大輔的真實感受，但「不甘心」是有的。大輔發現自己竟強烈地羨慕起小仙女來。

能夠執筆創作、能夠寫出感動人心的作品、能夠創作出讓小雅說出「好好吃」的書。

大輔曾經認為自己也可以，但事實證明，那只是他的一廂情願。

就像他的戀情一樣。

那天下班時，小雅穿著圍裙出現在他公寓玄關。

「大輔先生，我想回去網咖一趟。」

大輔盯著穿著蕾絲邊粉色圍裙的少年。這幾天小雅待在他倉庫裡幫忙吃書，感覺又長大不少，連臉型也拉長了一點，變得成熟。

這條圍裙是大輔心血來潮，想說研究個簡單料理，為生活增添點樂趣，腦袋燒壞衝動用P◯HOME二十四小時購物買的。和白華分手後就一直丟在櫃子裡，沒想到還有被人穿出來的一天。

「你這是……」大輔語帶保留。

「啊，前幾天在大輔先生那裡吃了不少食譜，我看大輔先生每天都吃便當，就想說試試看能不能做點什麼，但好像不太成功。」

小雅似乎從吃進肚子的書裡學到不少奇怪的東西，某天大輔回到家裡，發現小雅滿面純真地穿著圍裙，而且只有圍裙。

「大輔先生回來啦！要先洗澡、洗腳、洗手、洗下體，還是洗我呢？」

待大輔嚴正地向他警告這個對白絕不能隨便對陌生人說後，隔天小雅打扮得西裝筆挺，還戴著不知哪來的白手套，站在玄關對著大輔深深一鞠躬。

「少爺，歡迎回家，要繼續昨晚的教學嗎？」

這幾年鹿鳴書店的採購書單，大輔幾乎都交給小仙女處理，看來有必要檢討一下鹿鳴的進書風格了，大輔忍不住想。

「做點什麼？你是指下廚嗎？」

大輔租的公寓裡有小廚房，原意也是想自己做菜省點錢。

但書店的工作繁重得超乎想像，不知不覺就成了單純堆東西的地方。

然而大輔才踏進公寓，就聞到廚房的方向傳來香氣。原先堆書的流理台被清理乾淨，放上該有的鍋鏟。積灰的砧板被洗得乾淨，上面擱著鮮嫩欲滴的蔥段，瓦斯爐上放著鍋子，半開的鍋蓋下飄散出玉米濃湯的甜香。

原本被大輔當作餐桌兼工作桌的桌子上，此刻放著兩個盤子，盤子裡盛著褐色的咖哩，看起來有模有樣。

馬鈴薯和紅蘿蔔燉得晶瑩剔透，旁邊還配了切成薄片，看起來剛起鍋的炸豬排，白飯上蓋著半熟蛋，旁邊還有玻璃碗裝盛的沙拉，看起來頗像食譜封面的範例圖片。

不，根本一模一樣。

「……」

大輔在餐桌邊坐下，小雅還貼心地拿了壺熱麥茶，替大輔倒滿杯子。

「我是照食譜做的，不、不知道好不好吃。」小雅一臉期待地看著大輔。

大輔拿了湯匙，舀了一口咖哩配飯，放進口裡。只覺香料的氣味很快在口腔裡擴散開來，辛辣跟著竄上鼻腔，嗆得大輔咳了一下，忙喝了口旁邊的玉米濃湯救急。

「好吃。」

大輔評論道，雖然說不上絕世美味，但吃得出來所有辛香料都搭配得恰到好處，工序也不模糊，玉米濃湯的奶香也讓大輔陶醉了一下，中和了咖哩的辣味，讓大輔一天的疲勞都放鬆下來。

他不知道有多久沒吃到另一個人親手做的菜了。他看著穿著圍裙探頭探腦的小雅，這幾天對方好像又長高了，幾乎已到大輔的額頭，大輔有種複雜的感覺。

「你說要回去網咖？還東西？」

大輔只得咳了一下，讓自己從異樣的情緒中轉換過來。

「是的，之前來找大輔先生的時候，跟那裡的大哥借了手機。那位大哥之前好像一直在旅行，剛旅行回來，我想一直借用也不好意思，想拿去還給他一下。」

大輔發現小雅不僅身體成長，連談吐也漸漸有了大人的樣子。

他注意到小雅是說「拿去還給他一下」，聽他的說法，不像是要回去網咖住的樣子。

這半個月來，大輔幾乎已經習慣每天帶書回家餵食小雅的生活，這種有人在家等待的感覺確實令人上癮。

如果小雅忽然說要離開什麼的，大輔承認自己會有些寂寞。

「既然這樣，我載你回去還吧。」大輔說，從架上拿了大衣。

小雅看起來受寵若驚的樣子，反而讓大輔有點不好意思。

他不得不說，自己是擔心小雅就這樣一去不復返。

就像當年父親摸他的頭，說要去便利商店買個菸，走出家門就人間蒸發一樣。

大輔載著小雅，來到距離鹿鳴書店有兩個街區的網路咖啡廳。

網咖的名字叫「T書漫」，是餐飲、住宿複合書店的經營類型。

任何人可以不經身分調查，在這裡租下一個包廂，在包廂裡你可以做任何事，包括睡眠、包括閱讀，大輔聽說還有人在裡面做害羞的事。

因為價格比一般旅館便宜很多，最近不少難民乾脆住在裡頭，一住就是十天半月。

舉凡屁孩離家出走、繳不起房租被房東趕走、和男女朋友分手暫時想浪跡天涯……這裡聚集了形形色色的人。

大輔有時會因為網咖向他們大量訂書而親自送書過來，「T書漫」也是客戶之一，每次走進這裡，大輔都有一種參觀人生博覽會的感覺。

大輔和小雅穿過兩面都是漫畫的書牆，來到最底端的包廂。

這間包廂是全罩式的，只有側面開了個塑膠玻璃小窗，還拉上了綠色窗簾，裡頭黑漆漆的，看不出來有活人在的跡象。

他看到只有三分之二人高的小門上貼著「無事勿擾，漁夫走開」的字條，正在納悶大都市哪來的漁夫，小雅已經彎下腰敲門了。

「召南大哥、大哥，我是小雅。」小雅壓低聲量。

包廂裡沒有動靜，小雅又敲了幾次，裡頭依舊寂然無聲。

小雅沒有辦法，只得自己動手開門，但這時門卻忽然砰地一聲向外掀開。

「就跟你說我不需要什麼愛心手工錢包了，幹！」那人大罵。

大輔和小雅都愣在那裡。開門的是個穿著白色襯衫，但只有第三顆釦子有扣上，下半身穿著明顯不合身鬆垮運動褲的男性。

男人的年紀看上去跟大輔相仿，頭髮亂得像半輩子沒整理，但好在整體看起來還算乾淨，沒什麼異味。

男人臉上戴著厚重的黑框眼鏡，腳下踩著台灣標誌夾腳拖，手上還拿著本看起來像輕小說文庫本的書籍，這模樣讓大輔想起小仙女。

他身材削瘦，感覺像很久沒好好吃飯，即使開門出來了，視線卻還定在手裡的書上。

「召南大哥，我是小雅，你還記得我嗎？」

小雅忙揮了揮手，男人推了下眼鏡，總算把視線從書上抬起。

「小雅……？」

男人瞇著眼睛思考了一下，這才「啊」了一聲。

「啊！是小雅啊，抱歉抱歉，我去了艾恩葛朗特一趟腦子就混亂了。小雅啊，還好嗎？我不在的期間他們有好好餵你吃書嗎？是說你是不是又長高了啊？」

男人搔著頭髮說道，小雅把那支智慧型手機拿出來。

「我很好，召南大哥，我是來把手機還給你的。」

「手機？什麼手機？喔，那個啊，那種東西我才不要呢！我已經徹底和這個次元隔絕了，它只會打擾我和大宇宙意志溝通，你就隨便處理它吧。」

小雅看起來有點不知所措，但大輔聽著這人的聲音，卻越聽越是不對勁。

「對了，小雅，我最近入手一本很罕見的書籍，特別跟他們要了兩本，其中一本想給你吃吃看。我看看，書是放在……」

大輔試圖繞到正面，端詳男人的臉，但男人已經鑽回包廂裡了。

男人的包廂裡也亂成一團，除了電腦，大部分東西都是書，書從地板的榻榻米一路堆到包廂頂上，而棉被就擠在書堆清出的夾縫間，上面還放著泡麵碗和精力飲料。

這樣的生活方式終於讓大輔肯定他的猜測。他望著男人的背影，緩緩瞠大眼睛。

「高知彰……？」

男人幾乎是立刻回過頭來。

「誰？誰膽敢叫我的本名？這個名字應該早就隨著我的心埋葬在希艾希干的墓地才對，

是誰把我遺忘已久的真名公諸於世……大高？」

男人的視線定在大輔身上，還煞有其事地調整了眼鏡，這模樣讓大輔再無懷疑，他簡直合不攏嘴來。

「你真的是小高？為什麼你會在這種地方？」

這個人正是大輔從國小以來的摯友，同時也是大輔短暫的寫作生涯中，第一個閱讀他作品的活人，某些方面來講也是推著他走上與書為伍人生的罪魁禍首、鹿鳴書店短暫的前任店長，人稱小高的高知彰。

「喔，大高！好久不見啦，怎麼啦，你也決定成為拉普達的住民啦？」

大輔實在不知道該說些什麼。

「你……你不是生病去休養了嗎？」

高知彰「哈哈哈」地笑起來。

「喔，是啊，我是真的病得滿重的，本來想說下半輩子搞不好要跟護理師的股溝為伍了，沒想到離開與書相關的工作後，身體忽然變得輕快起來，胃也不那麼痛了，還來了場心靈之旅，旅行回來病都好得差不多了。」

看到老友健在，大輔雖然覺得自己應該感到高興，震驚的情緒還是蓋過了一切。

「但、但你不是說要去普羅旺斯嗎？」

「普羅旺斯？我什麼時候說過我要去那種地方？我是說要去巴斯特紐吧？那是《五星物語》裡拉克西絲所在的城市，想也知道是開玩笑的啊。大高，你還是跟以前一樣不食人間煙火耶。」

大輔已經不知道該從哪裡開始吐槽起了，乾脆放棄。

「而且你身體怎麼了……？為什麼變得這麼瘦？」

「喔，因為胃有點問題，有段時間什麼都吃不進去。你不知道做胃鏡有多恐怖，像活生生吞了顆龍珠一樣，連維力炸醬麵吃起來都變味了。」

高知彰笑著拎了拎鬆垮垮的牛仔褲頭。不能怪大輔，他到「T書漫」好幾次，但眼前的老友即使跟他照面，大輔也沒有自信能認出他來。

以大輔最後一次見到他的標準，這男人至少瘦了三十公斤以上，連臉型都變了。

「啊，大輔先生和召南大哥果然是認識的。」小雅在旁邊說。

大輔覺得自己真是太遲鈍了，早在小雅說自己的名字是以詩經取名時，他就應該察覺了。天底下喜歡詩經，又瘋狂到會以網咖為家的人還真沒有幾個。

「召南」是老友的舊筆名，也是來自詩經。雖然高知彰幾乎不自己創作，但大輔知道他經常到文學類網站上和人筆戰。

「你是……怎麼找到小雅的？」大輔問老友。

「哦，用『找到』這種說法，表示你也知道小雅的本體了？」

高知彰咧嘴一笑。他似乎還在找要給小雅的書，在驚人的書堆間爬上爬下，抽出一本書看了一下，又熟練地插回去，大輔都覺得那些書隨時會倒下壓死老友。

「我會遇到他，說起來還跟你有關。」小高神祕地說。

大輔一愣，道：「跟我有關？」

「是啊，說真的，我也是個有良心的人啦，把書店丟給你之後，我偶爾還是會去偷看一下。我發現他一直在鹿鳴附近徘徊，有點鬼鬼祟祟，擔心他是去偷錢還什麼的，就尾隨在他身後。」

高知彰說，他一路跟著小雅離開鹿鳴，中途因為體力不支還跟丟，最終發現小雅走進一個資源回收場。

「資源回收場……？」大輔一怔。

「是啊，那裡簡直是寶庫好嗎？最近常會有一些小屁孩搬個家，就把家裡的書隨手亂丟，這種放在家裡很久的書，通常都是絕版書，市面上找都找不到的，還可以用紙類回收的價格大量收購，水〇書店都沒這麼划算。」

高知彰自顧自地說著。

「我發現他昏迷在一堆《哈利波特：阿茲卡班的逃犯》初版書後面，手上還拿著本書。

本來還以為他是離家出走的小孩之類的，就想說帶他去看個醫生。我先揹他回T書漫拿錢包，沒想到他忽然醒過來，抓了我的書就開始吃個不停，心疼死我了！但吃完之後他就好了，還跟我道謝。」

小高的視線仍然在書堆間搜尋著，邊回答大輔的問題。

「但我剛撿到他時他不是這樣子，大概只有小學一年級吧？我判斷他是靠食用書籍成長的生物，就乾脆讓他在T書漫住下來。不過這裡的書品質不大穩定，小雅常常吃不飽的樣子。我本來還想說從法蘭克福書展帶些好書給他，沒想到他會跑去『鹿鳴』偷書，哈哈，眼光真不錯。」

高知彰回頭想摸小雅的頭，但小雅現在身高已經到大輔的額頭，小高根本摸不到，只好拍了拍他的背。

說到底這人也真是驚人，現場看到人吃書，非但沒有馬上通報NASA，還這樣若無其事地把人留下來飼育，老友的常識永遠超乎他想像。

「你要是一直都在的話，為什麼不跟我聯絡……？」大輔問。

「我是有想過啦，但我之前欠的債太多，一知道我回國，出版業那邊的電話就響個不停，煩都煩死了，所以我才把手機送小雅。真不好意思，你應該接到很多奇怪的電話吧？」

小高邊把放得最高的一本書拿下來檢查，邊問小雅。

「唔，也還好，偶爾會有人哭著打電話來說如果某本書最後一集還不出，他現在就要從樓上跳下去。上次有個說是作者的人打電話來，哭著說什麼『自從沒被你罵之後，靈感都枯竭了』，要召南大哥踩他的手指之外，沒什麼奇怪的電話。」

「但、但是，你可以主動跟我聯絡啊，不用手機的話，LINE 什麼的也可以……」

大輔看這個瘦了一圈的好友難得露出羞赧的表情，還躲到書堆後。

「這個嘛……你也知道，畢竟我是把整間『鹿鳴』丟給你，那時候『鹿鳴』的經營狀況也不是很好……」

說「不是很好」實在是過度保留了，以大輔接手時的狀況，小高顯然並不擅長帳目和數量計算之類的事務，進書欠了出版社一堆錢，賣書也沒好好將帳款回收，店內的營業收入更是亂七八糟。

大輔接手時也沒多想，好在他在前一間公司從事的是行政業務，基本的記帳收款還是會的。

他把一些不必要的設備出售，改變風格，進些能賺錢的書，先把能還的債還清，暫時還不了的就一間間向債主低頭，最後還用上自己的存款，總算讓「鹿鳴」度過破產危機。

在這中間他幾度聯絡老友，但老友的手機不是收不到訊號，就是 LINE 不讀不回。

「我一直擔心你是不是讀書讀到忘記吃飯，死在什麼不知名的地方，我還到警察局去查有沒有報案紀錄，你……」

大輔覺得自己應該要生氣，就像在吉野家裡看到白華和他的妻子時，大輔也覺得他應該做的不是逃跑。

他應該要生氣，要當場衝上前，質問他：「你他媽到底對我怎麼想？把我當傻子耍很開心嗎？」

但就像現在一樣，那些話總是像水管堵塞一樣憋在胸口，一句也冒不出頭。

「話說你請的那個女店員還真不錯，我還特別去試探過她幾次，她竟然記得《五星物語》每集出版年份，還知道《HUNTER×HUNTER》每次休刊和復刊日。你能夠請到這麼優秀的店員，難怪鹿鳴能夠生存下來，真有你的，大高。」

小高拍拍大輔的肩膀。和這人認識將近二十年，大輔也深知老友性格隨興到令人髮指的地步，人生除了書以外，其他社交能力都是幼稚園等級。

但或許是老友平安無事帶來的安心感蓋過了怒氣，又或者是小高瘦了之後，那種異樣的蒼白感讓大輔起了惻隱之心，大輔竟覺得生氣不起來。

「既然你還好好的，那麼『鹿鳴』就應該……」

大輔還沒說完，小高便像感知到什麼似的，在書堆裡連連揮手。

「不，別別別，當初會開書店真的是一時腦衝，要不就是辭了稜河後有妄想症，但那段時間我已經徹底了解了，我會看書，不會賣書。」

「稜河」是小高以前擔任責編的出版社，台灣多數日系輕小說，早期都是由這間出版社代理，當初負責選書的人就是小高。

「鹿鳴交給你會好得多。何況我現在的生活過得挺好，也不用付房租水電，想看書時就看書，真缺錢時應幾個專欄邀約賺點小錢，不想鳥人時隨時可以回去異世界，沒有比這更愜意的人生了，你就饒了我吧，大高！」

小高似乎總算找到要給小雅的書，他把書從坐墊旁的一疊書中間抽了出來，還撢了撢上面的灰塵。

「這個，是《華氏451度》的絕版書，最早的中文版本，我從熟人那裡好不容易找來兩本，就是想拿一本給你。」

他把書遞到小雅唇邊，小雅愣愣地接下。大輔看他的表情，就知道眼前的書應該也被小雅歸類為美食。

「你吃吃看，『鹿鳴』的書雖然多，但品質好營養價值高的最近已經不多了，你應該餓了很久吧？」

小高的說法讓大輔有點不爽，但看小雅拿著書的表情，用「垂涎欲滴」尚不足以形容，大輔真覺得自己應該多負起選書的責任。

小雅把書放到唇邊說：「我、我開動了。」他用不知哪學來的禮儀說著，還看了一眼大輔，好像在徵詢他的許可。

大輔點了下頭，小雅便迫不及待地把書含進嘴裡。

書頁很快消融在小雅的齒間，字與句化作碎片、化為養分，成為知識的結晶，與眼前的少年融為一體。

大輔看著小雅吞進最後一角書邊，還用舌舐著濺到手背的紙屑，彷彿連一滴都捨不得浪費。

「感覺如何？」小高詢問小雅，他雙眼放光，似乎在等待小雅的讚美。

小雅卻沒有出聲。大輔想，該不會是太過美味，以至於找不到合適的言語？

但小雅的眼神忽然變得空洞，原先黑白分明的眼瞳轉瞬間變得灰黑。

「小雅……？」

大輔叫了一聲，看到少年像沒電的機器人一樣，往書堆的方向直挺挺地倒了下來。

第六節

少年不知道自己為何誕生到這個世界上。

他張開眼睛時，只覺得身體異常冰冷，全身骨頭像是要散架一樣。視線模糊，連眼前的景物都看不清楚，口乾舌燥，喉嚨像是有火在燒，因此發不出任何聲音。

然而比這些感官都強烈的，是某種緣自本能的感覺。

飢餓。

少年覺得自己非常非常餓。

他想吃些什麼，而浮現在他腦袋裡的東西只有一樣。那是將人類的智慧與經驗化成文字，書寫在名為紙張的事物上，再裝訂成冊的東西。

人類稱那種東西為「書」。少年本能地認知，那東西就是他今後的食物。

最初他發現自己倒在一間書店門口，書店名為「鹿鳴」，裡頭傳出濃郁而芬芳的香氣，吸引著初生少年的所有感官。

少年本能地就想進去討食，但書店裡都是人，還有個戴著黑框眼鏡、穿著圍裙，長相凶悍的女孩在那看守。

雖然遠處書庫的香氣逼人，但少年衡量情勢，實在沒信心不聲不響地混進去把食物帶走。

他只得拖著沉重的步伐，往城市裡其他氣味濃郁的地方探尋。

他走進一個紙類回收場，回收場有不少成山成堆的書籍，在量方面倒是不虞匱乏。

但回收場的書，品質良莠不齊，而且有的還缺頁掉線。吃到殘缺不全的書時，少年就會有種吃到餿掉食物的感覺，有時還會乾嘔上一整晚。

而且回收場的書重覆率極高，重覆的書對他而言並沒有填飽肚子的功效。即使吃上三十本《克蘇魯神話》，少年也只有一本的飽足感。

這樣下去，他會餓死在回收場裡。

少年於是在都市裡徘徊，由於沒有可以用來交易的貨幣，加上外表在這個世界好像只是小學生，少年連大眾運輸工具都無法搭，只能徒步遊蕩，好幾次都差點被稱為警察的人打包帶回警局。

城市裡的香氣不少，但相當分散，少年有時會看到等公車的人手上拿著香味四溢的食物閱讀著。

但這畢竟是少數，大多數人手上都拿著少年事後才知道，人類稱為「手機」的東西。他從書中吃下的知識告訴他，他們大多在玩手機遊戲。

這年頭會帶著實體書搭公車捷運、會在閒暇時拿書出來看的人，已經所剩無幾。

少年實在沒有辦法，他無處可去，只能又回到回收場。

天空下起了細雨，有堆回收的書正被卡車送過來，連張用來遮雨的帆布也沒有，就這樣任由雨水打在上頭。

少年無暇去看那些是什麼書，他餓得頭昏眼花，走近卡車，抓了本離他最近的書，就這樣送到口裡。

但奇妙的是，即使吃了兩三本書，少年仍舊沒有飽足感。

他的身體在吶喊，在索求著更多、更營養的食物，那種欲求不滿彷彿烈火一般，燒灼著他每顆細胞。

他的視線模糊，四肢越來越痠軟。

他不記得那之後發生的事，只知道當他再次睜開眼睛時，他聞到周圍傳來濃郁的香氣。雖然這些香氣五味雜陳，但比回收場的味道要好聞多了。

他睜開眼睛，眼前是整排排列整齊的食物。

「哦，你醒啦，小朋友，感覺還好嗎？」

食物前方站著一個人，正用好奇的眼神打量他的動靜。

那是個看上去三十出頭的男人，男人穿著邋遢髒汙的襯衫，瘦得像根竹竿，一邊走還一邊搔括著後頸上的汙垢，看起來就像街友。

重點是，男人手裡拿著食物。

在少年餓昏的視線裡，那本食物是他誕生以來所見過最美味的。

少年朝男人走過去，舉高雙手，抓住了男人的手。

男人似乎嚇了一跳，少年也沒說話，張大嘴巴一口咬住男人手上的食物，就這樣把整本書吞吃入腹。

「那本是乙一的《夏天、煙火、我的屍體》！還是初版！現在市面上已經到處都買不到了，我本來只是心血來潮想拿神作出來複習，沒想到就這樣被吃掉了！你能相信嗎？被吃到連紙屑都不剩！」

小雅矇矓地睜開眼，聽見身邊似乎有人吵鬧的聲音。

他動了動指尖，發現有點痠麻感。他不知道發生了什麼事，只知道昏迷過去那瞬間，體內忽然有強烈的灼燒感，好像有人在他的心臟放了把火，把他體內的細胞一顆顆消融殆盡。

他往旁邊一看，大輔正坐在他身側，好像還沒察覺小雅已經清醒，手上拿著溼毛巾。小雅從頭上的沉重感判斷，那應該是剛剛從自己額頭上換下來的。

他張開口，卻無法發出聲音，四肢重得像是灌了鉛一樣，連睜開眼皮都嫌困難。

他看見大輔身後浴室的門開了，有個男人從裡頭走出來，好像剛洗完熱水澡，邊擦著頭髮邊靠近大輔。

「你也別太擔心他啦！想當初我剛撿到他時，他可是昏迷了三天才醒過來呢！」那人對大輔說道。

這人就是小雅來到這個美麗又殘酷的世界後遇見的第一個人類，同時也是自己的命名之父。

小雅與高知彰這個人的相遇，是從他吃了這位陌生人的書開始。

因為餓了太久，那本書無論質量和口味都稍嫌太重，對當時小學生外型的小雅而言，就像忽然飲了高粱酒一樣。

也因此，小高在目睹小雅超現實的吃書場景後，就看到小雅像偷喝酒的小學生一樣，醉倒在他身邊。

小雅再清醒時，已經在小高的「T書漫」個人包廂裡了。

據說小高跟老闆交涉，說自己是他親戚的姪子的女兒的男友的老師的私生子之類的關係，要老闆不要報警，還自掏腰包替小雅賠了所有書錢。

「我叫召南，你叫我召南大哥就可以了。」那個戴著眼鏡、看起來像一個月沒洗澡的瘦弱男人當時這麼說道。

小雅住在網咖包廂的期間，自稱召南的男人幾乎把他當成實驗品。他搬來為數驚人的書籍，要小雅照指示進食。

小雅記得他先從一些古書開始吃起，從《詩經》開始，還吃了《史記》、《資治通鑑》、《水經注》、《唐詩選輯》甚至《天工開物》之類的東西。

那些食物的質量都很重，雖然不難吃，但就像整個電鍋的白米飯那樣，那陣子小雅天天都撐到難以入眠。

然後小高開始讓他吃小說，從《西遊記》開始，一路吃到《紅樓夢》，小高也讓他吃《簡愛》、《雙城記》、《悲慘世界》等等的譯本，還會故意拿不同人翻譯的作品讓他試吃，再露出壞心的笑容記錄他的反應。

「昏迷三天？怎麼回事？」大輔問小高。

小高邊擦著頭髮，邊自行走到大輔家的冰箱前，打開門來蹲下，極其熟練似的在最下層的門邊找到台灣啤酒，拿出來拉開拉環。

「他剛來『T書漫』時，大概是太久沒好好進食，餓得有點神智不清。那時候剛好吃了我說的那本乙一的書，我猜口味有點太重吧，結果一睡睡了三天。話說大輔，你這新公寓的浴室還真不錯，啊——我已經不知道多久沒像這樣好好洗澡了。」

小高坐在大輔平常坐的那張高腳椅上，啜飲手裡的啤酒。他完全不像第一次進別人家裡，自在得像是已經在這裡住了一輩子。

小雅看他整個像變了個人。他現在才知道原來小高的膚色這麼蒼白，感覺很少曬太陽，加上瘦得只剩把骨頭，乍看之下頗像小雅某本吃過的書裡說的木棉妖怪。

「睡了三天？書會造成……這種效果嗎？」大輔難以置信地問。

「嗯，有點類似人喝了酒或是吃了麻藥那種效果吧？和小雅的外貌年齡也有點關係，畢竟他那時候只有小學一年級的大小，小學生就算只是喝啤酒，也有可能陷入昏迷不是嗎？」

小高認真地分析著。

「所以他這次昏迷，也是因為吃的書？」

「應該是，我仔細想了一下，《華氏 451 度》雖然本質像《動物農莊》一樣，是諷刺政治體制的作品，但之前讓小雅吃了《美麗新世界》、《聊齋誌異》也都沒事，可見政治不是讓小雅昏迷的原因。」

「那是什麼原因？」

大輔又問，小高便推了下眼鏡。

「這讓我想起他之前吃《圖書館戰爭》時，也出現過這種短暫失去意識的狀態。我猜想，可能是裡面有大量破壞書本的情節導致。」

大輔露出恍然的表情。《華氏 451 度》也是大輔年少時的愛書之一，那是本反烏托邦的作品，內容描述主角受政府委託，擔任毀滅所有書籍、燒燬書本的工作。

「所以我這次就拿《華氏 451 度》做實驗，果不其然。這跟吃了口味濃厚的書，呈現酒醉狀態的狀況又不太一樣，比較像是小雅的身體受到根本的損傷，就像人類吃了有毒的食物一樣。」

「因為書中有『毀滅書的情節』嗎……等等，你拿小雅的身體做實驗？」

大輔醒覺過來，這時小雅發現他終於能出聲了，只是舌頭還僵麻著，只能發出呻吟似的聲音。

但大輔很快就察覺到了。

「小雅！你沒事吧！」

大輔伸手握住他的手，小雅試著撐起一邊身體，但骨頭輕輕一動就疼得要命，他很快又跌回沙發上，大輔忙伸手撐住他的背脊。

「喲！小書妖，你醒啦，我還以為你會像上次一樣昏迷個幾天呢，果然年齡還是有差，看來『外貌年齡越大，能承受的書籍種類越多』這點是可以確認的。」

小高邊說，邊從自己帶來的那個大得誇張的背包裡，抽出一本像是筆記的東西，提筆在裡頭寫了些什麼。

順帶一提，整個過程這男人都沒有穿上衣服，似乎也沒有著衣的打算。

「我……到底……」小雅皺了下眉頭。他臉上潮紅，汗流下鎖骨，胸口那種火在灼燒的感覺仍然十分強烈，就像小高說的中了毒一樣。

「不管怎樣，以後不許再拿小雅來做實驗了，高知彰。」

大輔警告道，但小高還在檢視他手裡的筆記。

「不這樣做不行啊，你想想，現在書的種類這麼雜，萬一小雅在外面亂吃什麼書，最後丟了性命，我們不就成了害死他的罪人？」

大輔愣了一下，他倒是沒想這麼多，小高把手裡的筆記在茶几上攤開來。

「關於小雅身上的『規則』，我做了一些整理，雖然很多地方還不清楚就是了。」

小高翻到新的一頁，用原子筆在上頭寫了個醒目的「1」。

「首先，小雅並不是人類。至少不是我跟大輔這種在生物學定義上的『人類』。」

他看了眼大輔，大輔遲疑地點了下頭。這些日子相處下來，除了吃書這點，大輔一點都不覺得他和普通人類男孩有何不同，至少小雅沖澡的時候大輔偷偷看過，人類該有的器官，小雅一樣也不少。

「其次，小雅是男性，應該說，他擁有所有人類男性應該有的性徵和器官。」

果然小高接著這麼說。大輔想問「你怎麼知道？」，但又覺得這問題未免太蠢，小雅在小高那裡住的時間，比只和他認識兩週的大輔要長遠得多，小高又不像他喜歡男人，對小雅當然也不可能避嫌。

雖然知道這些，大輔還是莫名覺得不爽快，只得把那種微妙的情緒吞進肚裡。

「第三，小雅靠食用書本維持生命，這一點也是最重要的一點，因此我從這個規則中，又整理出了幾個『規則』。」

大輔看小高在筆記本上畫了幾條線，像是樹狀圖一樣。

「首先是書的部分，小雅與其說是吃『書』的客體，不如說，他吃的是書上的文字。我曾經餵給他空白的日記本、空白的素描簿，但小雅卻告訴我這他沒辦法吃。」

「那在上面寫字之後就能夠吃了嗎？」大輔問。

小高和小雅同時搖了下頭。

「我試著在日記本上抄了《人間失格》，但就算我把第一章全部抄上去，小雅也說他吃不下去，所以我猜想，對小雅而言，『書』的定義應該是……」

「鉛字？」

大輔恍然，小高打了個響指。

「賓果！沒錯，實際上這也是書這種產物最初誕生的目的。為了更有效率地傳播知識，而隨之進步的各種技術，特別是印刷術，是書不可或缺的一環。我找了我家奶奶手抄的族譜給小雅吃，他也沒辦法入口，證實了我的猜想。」

大輔怔了怔，他跟小雅相處的這段時間，只想著要餵飽這個少年，從沒想過要透過餵書的方式，從小雅身上找規則。

但他想起老友從以前就是這樣。高知彰人如其名，擅長思考、分析和統計，大輔記得國中時他還曾把全班女生的制服裙子長度做成樹狀圖，以此推敲出追求每個女生的困難度。

「畫冊也沒辦法吃嗎？」大輔也來了興致，詢問道。

「如果是純畫冊，一個字也沒有的那種似乎就不行，我拿過我表姊的婚紗相簿給他吃，就沒辦法。但多數畫冊都會加上介紹的文字，只要裡頭有鉛字，小雅就能吃，只是吃起來味道的問題罷了。」

大輔看了眼小雅，發現他皺了下眉，可見吃畫冊應該不是太好的經驗。

「那如果沒有裝訂成冊呢？像這樣，用A4紙印的鉛字。」

大輔晃了一下擺在桌上的鹿鳴書店本季收支報表，這是小仙女剛做好寄給他的，有一半都是赤字。

「那也不行，應該說那種東西在一般定義上就不會是『書』，就算你把《神雕俠侶》整本從網路上抓下來印在紙上，那也只是文字，沒有辦法成為小雅的食物。」

「但是自印書卻可以……啊，我有個朋友在做自印書，前陣子剛好送了小雅一本。」

大輔解釋道，小高看起來頗有興趣。

「你是說同人誌？哦，沒想到你也開始玩這塊了啊。大高，我還以為你一輩子都會是個麻瓜呢。」

大輔被說得臉上一紅，小高又繼續說：「同人誌完全沒問題，不管是出版社正式出版的書，還是自己印製成冊，都不影響它是『書』的本質。」

「另外，我也試過各種操作手冊、電器的說明書、國家音樂廳裝訂成冊的節目表、電話簿甚至農民曆，小雅都能夠吃下去。書中文字有沒有文學性、藝術性並不是重點，重點是重複印刷和裝訂成冊。」小高又說。

小雅跪坐在床上，跟著點了點頭，看來小雅真的在小高那裡被餵食了不少怪東西，也難怪他最後會奈不住性子出門偷書。

「還有嗎？」

大輔問道，他看著小高手裡那本滿是墨漬的筆記本。這是老友從學生時代開始的習慣，會把他俯拾而得的各種奇思妙想用小筆記本記下來。

「嗯，還有很重要的一個規則，那就是小雅吃書後的效果。」

「效果？」

「沒錯，既然是靠吃書維生的妖怪，書對小雅而言，最重要的功能就是填飽肚子。不吃書的話就會餓，餓的話就會沒有力氣。」

小高撫了撫下巴。

「雖然我也很好奇，如果一直都不餵食小雅到底會發生什麼事，但這小子在我實驗之前就自己偷跑出去了，結果實驗也沒能做完。」

大輔看小雅臉色有點蒼白，他不禁苦笑。老友從以前開始就是這樣，一旦迷上什麼事情，行為和想法往往都有點脫離常軌。

就像以前高中時，小高曾經迷上戀愛遊戲，說是想實驗真人的好感度。但小高沒有女友，身邊的活人就只有高大輔。

於是大輔就成了高知彰那段時間的「虛擬女友」，小高會假設各種情境，例如帶他去遊樂園玩，再測試他的反應。

比如和大輔去鬼屋，在進入鬼屋前，分別對大輔說：「請抓住我的手，不要放開」、「一起加油走到最後喔！」或是「有什麼好怕的，你平常不是很勇敢嗎？」再記錄他對不同對白的感覺。那陣子大輔都有種在跟小高交往的錯覺。

「此外，跟一般人類一樣，食物——也是小雅成長的泉源。我遇到小雅是今年六七月時，距離現在差不多三個多月。」

「三個多月？但你不是說他那時候是小學生嗎？」大輔感到驚訝。

「是啊，由此可以推論，小雅身體的成長速率和人類不同，三個月就能夠從小學生的長相成長到現在看上去十六七歲的年紀，而且看起來暫時還不會停止成長。」

大輔愣愣地看著小雅，他仍然斜靠在床頭，身上穿著大輔的睡衣，露出半邊淌著汗水的鎖骨。

的確，他和小雅相識不過一週多，但這少年已經比當初見到他時，又多了幾分成熟男人的韻味。

他本來以為是自己的錯覺，是和白華分手後荷爾蒙暴走所致，但看來並不是。

「除了身體，食物對小雅的心志也有影響。小雅吃了某本書後……」

「會得到書裡的知識。」大輔接口。

小高點頭。

「但說『得到』不太正確，小雅並沒有辦法像翻譯蒟蒻一樣，完整複印書裡的文字。證據就是我讓小雅吃過《三字經》，他卻無法逐字背誦，但問他《三字經》的細節，他卻能清楚答得出來，例如孟母搬了幾次家之類的。」

「小雅不是『複製』文字，而是『理解』？」

大輔問，小高露出讚許的表情。

「正是如此，就和『閱讀』的情況一樣。我們在讀書時，不會逐字逐句記憶裡面的文字，而是去理解內容，進而化成自己的養分。小雅吃書的效果，和我們閱讀很類似。」

「但是小雅的情況，又比人類的『閱讀』更上一層。閱讀的話，書是書，我是我，就算再怎麼理解裡面的文字，也不可能把書裡寫的當成現實。嘛，雖然多少會有點代入感，但終究不可能完全消化成自己的東西。」

小高耐心地說明著。

「小雅卻不是如此。對小雅來講，吃下去的書不只是文字，是一種養分，會完全分解，化成他細胞的一部分。這是為什麼小雅吃掉美食旅遊書後，會有異樣的飽足感，而吃掉色情書刊後會出現發情狀態的原因。」

「會發情嗎……？」

大輔看了小雅一眼，這些效果他雖然聽小雅說過，但實際上卻沒有看過。

仔細想想，鹿鳴書店的十八禁書籍似乎都賣得特別好，因此往往沒什麼庫存。大輔不得不說自己一瞬間起了邪念。

「再來，是關於書，也就是『食物』本身的規則。」

大輔還在浮想連篇，小高已經繼續說了下去。

「對小雅來說，『食物』的質遠比量更重要。吃一本《雙城記》，跟吃一本農民曆相比，《雙城記》能獲得的飽足感和能量都遠超過農民曆。」

大輔點點頭，這點他也有發現，吃了好書的小雅甚至會失神個半天，就像饕客吃了美食一樣，往往之後好幾個小時，甚至是一整天都不用再進食。

「此外，字數和重量都不是決定食物質量的重點。吃一本《小王子》，可能比吃一整本北區電話簿要更能讓小雅感到滿足。而漫畫的字數雖然普遍較少，但如果是吃《銀之匙》，可能比吃很多文學獎的作品都還有用。」

大輔想起小高以前常跟他抱怨，說出版社舉辦文學獎根本是折損編輯壽命用的，寫不出好作品還趾高氣揚的屁孩實在太多了。

「還有一點，也是最重要的一點。我發現對小雅而言，吃過一次的書，下次再進食同樣的書籍，會變得沒有任何填飽肚子的效用。」

大輔露出驚訝的神情，小雅則是一臉恍然大悟。

「啊……難怪，之前在資源回收場的時候，我吃了快要一卡車的《哈利波特》，但還是很餓，我本來以為是餓了太久才會這樣。」

「等等，重覆的書沒有用的話……那版本不同呢？很多書不是會分好幾版出版，那也算是同一本嗎？」

「文字只要稍微有點不同，似乎也算是不同書。我曾經試著給小雅吃七個不同出版社版本的《時間簡史》，他那次飽了一整天。」

「那譯本呢？呃，我們不是很多翻譯書嗎？同一本書不同翻譯，那也算不同書嗎？」

「那跟不同版本的邏輯是一樣的，也算是不一樣的書。」

小高說：「順帶一提，翻譯品質也是影響書好不好吃的一環，即使是世界名著，翻譯得很爛也會變成難吃的書。就像京極○彥的某些譯本一樣。」

「等等，我有問題。」

大輔忽然想到什麼似的舉起了手。

「你說翻譯本……難道小雅只能吃中文書嗎？」

「嗯，這也是我覺得很神奇的一點，我曾經餵他吃過英文、日語、法語、德語、西班牙語……總之我收藏範圍內所有語言的書，都忍痛讓他試吃了。他吃是吃下去了，卻完全沒有飽足感，他吃完我問他書裡的內容，他也完全答不上來，就好像我們中文母語者閱讀外語書籍那樣的狀況。」

「所以小雅是……中文限定的書精嗎？」大輔恍然。

「不只中文，我也給他試過簡體中文的書籍，他也發生一樣的狀況。還有像是古日本典籍那種充滿漢字的書籍也一樣不行。換句話說，只有繁體……不，只有自古相傳，和《詩經》相同的正體中文，小雅才能當作糧食看待。」

大輔說不出話來，他原本以為，以《詩經》替小雅命名只是老友的個人癖好，沒想到還有這樣更深一層的意義。

「等等，這樣的話能吃的範圍不是很少嗎？」

大輔醒覺。

「呃，我是說，世界上的書數量是有限的，如果不能吃重覆的，以極端的狀況來講，雖然不容易，但總有一天會把書吃完，不是嗎？」

「邏輯上來說確實是的，這也是我今天要說的重點。」

小高彈了下手指。

「依照小雅的吃書規則，加上他的進食量，很快就會把他覺得好吃的書吃光，畢竟『好吃的書』數量並不多。接下來他就得勉為其難吃一些能糊口的書，但就算是糊口，書總有一天會吃完。」

小高壓低聲音說：「……在沒有新創作的前提下。」

大輔愣了愣道：「新創作……？」

「你知道世界上、不，我們以台灣為例就好，每年會出多少新書嗎？」

「大概五萬本？」大輔猜測。

「喔喔，真不愧你當過書店老闆，雖不中亦不遠矣。正確的數字是三萬九千五百餘本，不過這是前年的數據，近幾年因為電子書大量竄起，應該又更低一點了。」

大輔聽過電子書，也聽過電子書閱讀器，但他無法接受這種型態。對他來講，書就是得沉甸甸地拿在手上，一頁一頁翻閱，有時還會不慎沾到午餐或是飲料的東西。

「而且在這將近四萬本書裡面，其實只有兩萬多本是會在實體或網路書店，也就是俗稱通路的地方販售的。」高知彰繼續說明。

「嗯，因為還要扣掉政府出版品、學術論文，還有一些單純為研究存在的書籍吧？」大輔說。

小雅在旁邊靜靜地聽他們說著，小高點了點頭。

「沒錯，除此之外，這兩萬多本流通書籍內，還要扣除每年重覆再版的書種，像是參考書、旅遊書、地圖集之類的書籍，還有一些不具有藝術性，單純收集、不具創作性的書籍，像是圖鑑、攝影誌或是年曆月曆等等的。」

小高分析著。

「這些全部扣除後，每年台灣出版的，我們平常定義的『書籍』，可能只有三千到五千本。」

小高一邊說，一邊在筆記紙上畫出線條，在線條上寫著。

每年出版書籍＝3000～5000。

「再回到小雅的狀況，小雅住在網咖的期間，我替他做過測試，他可以完全不吃書的時間大約是三天——基本和人類能挨餓的時間差不多。一旦三天完全沒有進食，小雅就會陷入全身無力，甚至昏迷的狀態。」

大輔表面點頭，心中卻不免腹誹了老友一下。為了要摸清小雅的底細，沒想到他竟能做到這種地步。

「前面也說過，吃的書若質量高的話，一天一本，甚至到三天一本都有可能，但那種吃一本就能撐上一天，也就是經典名著等級的書畢竟不多。所以，抓一個平均值的話，以東野圭吾的書為例，小雅每日的最低進食量，至少要十本書才能維持正常生命運作。」

「等等，東野圭吾算是平均值嗎？」大輔感到意外。

「當然，我給他試過《嫌疑犯X的獻身》……雖然我覺得他最經典的作品是《惡意》啦，但即使是像那樣世人認可的經典，小雅早上吃掉，中午就開始喊餓了。」

大輔說不出話來。說到底，文學最困難的一件事，就在於沒有客觀評價好壞的基準。雖然作文可以打分數，文學獎也有首獎貳獎之分，但那終究牽涉到評審的個人喜好。在當代被評為一文不值的作品，到了後世卻大受歡迎的例子有很多。

也因此，大輔一直認為，書這種東西沒有辦法分出高下優劣。即使是被世人傳頌為經典的作品，大輔看完覺得「不過爾爾」的也不少。

然而聽小高這樣分析，小雅簡直就像是書的神明一樣。他將原本無法量化的文學，變成像是客觀的數值。

「每天最低進食量十本書……所以呢？」

「每天十本的話，每個月就必須消耗三百本，每年就是三千六百本。但就像前面說過的，同樣內容的書籍再版重出，對小雅而言不具食物的意義，同樣的書只能作為小雅的糧食一次。」

小高在剛才寫的「每年出版書籍＝3000～5000」旁邊，又寫上「每年最低書本消耗量＝3600」。他用原子筆尖敲擊著剛寫下的數字。

「好，現在問題來了，每年出版的這些可以作為糧食的書籍，其實很多都是過去的經典重出或再版，真正全新的，由創作者從無到有創作出來的『書』，很可能根本無法滿足小雅的最低攝食量。現在小雅因為剛出生不久，世上的書多數是他沒吃過的，所以吃前人的智慧庫存應該還能撐上一段時間，但一旦這些舊時經典全都吃完，又沒有足夠的新作，那會發生什麼事？」

小雅一直靜靜在旁邊聽著，這幾個月，書吃下來，少年也累積了不少知識。雖然常識上仍然有所欠缺，但小高的話，小雅還是聽得懂。

於是他代大輔問了。

「如果一直這樣下去……我會怎麼樣？」

高知彰放下筆，闔上那本髒兮兮的筆記。

「我說過，我只能實驗到小雅極度飢餓的狀況，如果放任不管，他是否會像人類一樣死亡或是憑空消失，這我還沒有實驗到，實際上也無從實驗。但如果再也沒有新的書籍讓小書妖進食，有件事是可以確定的。」

小高看著大輔。

「小雅會餓死，在未來我們看得到的某一天。」

第七節

大輔收到了小仙女的邀請。

為了答謝上次大輔臨危受命，救了小仙女的新刊，小仙女本來提議要請大輔吃一頓飯。但一來小仙女她們財力有限，大輔對吃也非那麼有興趣，小仙女於是提了另一個方案。

「要不要來參觀我們的工作室？」

大輔這才知道，原來上次在印刷廠遇到的小精靈一號二號，也各自大有來頭。

小精靈一號也是漫畫家，網路上的筆名是「婦肩」，平常在會計師事務所當行政人員，負責工作室的刊物封面，也擔當小仙女的漫畫助手。

婦肩的本名是童燕如，大輔完全不懂為何她要取「婦肩」這種筆名。小仙女說，那是因為她經常拖稿，拖到死線都砸在她頭上還寧死不屈。

而小精靈二號本名是楊舒慧，是平面設計師，負責工作室的書籍排版、校正和送印事宜，平常在家接案，也有在家附近的服飾店打工。

筆名則叫「惡魔貓女」，這還稍微正常一點，但大輔一如往常不知道哏在哪裡。

這是大輔第一次參觀這種小型工作室。以往提到漫畫家，大輔只會想到像《海賊王》、《名偵探柯南》那種的。

他和白華一起看過那種日本大手漫畫工作室的紀錄片，整排的助手、滿室的油墨，還有個戴著貝雷帽的漫畫家，大輔還以為這就是所有漫畫家的常態。

他走近那個堆滿漫畫、小說、模型、公仔，角落還堆著角落生物，窗台上擺著幾尊仿真人形娃娃（大輔事後才知道，那叫球形關節人偶），亂得像剛被炸彈炸過一般的房間，視覺上難掩衝擊，一時僵著沒有動。

小仙女在房間正中央清了張桌子出來，請大輔坐下。

「這是我們的工作桌，有點亂就是了。」婦肩笑著說。

大輔唯唯諾諾地在桌邊坐下，這桌子雖是唯一乾淨的地方，但也沒有好到哪去，上頭放滿各種格紙、網紙、沾水筆、標籤紙，稍遠一點的地方還放著三台筆電。

大輔看到桌上有本裝訂到一半的書，書名寫著「解憂書店」，副標題則寫著「『戀與總編輯』禁忌CP同人！店長：我能為你分憂解勞嗎？」

「那是我們這個場次的新刊，我聽仙大說過，店長也有在玩這個遊戲是嗎？」

大輔神色尷尬，但也不便說明。

婦肩說：「雖然我個人不是很萌這一對，但沒辦法，『戀與總編輯』實在太紅了，特別是這次的新男角，簡直意圖使人放棄女主角。」

「新男角？」大輔問。

「嗯，你不知道嗎？『戀與總編輯』製作團隊推出的新攻略角色是個書店店長，個性軟弱善良，又有點多愁善感，很擅長忍耐，就算發燒也會咬牙說我很好我沒事的那種。怎麼樣，很香吧？」

大輔覺得這人設很有既視感。惡魔貓女替他上了花茶，在他身邊坐下。

「不過大多數玩家都不希望他攻略女主角。店長是其中一個總裁男角的青梅竹馬，強勢總裁只有在書店老闆面前才會展現脆弱的一面。因為兩個人互動太萌，邪教因應而生。」

惡魔貓女說著大輔不懂的術語，婦肩則往大輔背後張望了下。

「那個很可愛的高中生沒有來嗎？」她問。

「啊，他本來是要跟我一起來的，但他昨天身體有點不舒服，就讓他在家裡休息，跟高知……跟我朋友一起。」

高知彰就這麼在大輔的套房長居下來。雖然大輔覺得長此以往不太好，但他本就是不擅長拒絕別人的人，看著老友興高采烈地把行李從網咖挪進他的小窩，大輔只得把到唇邊的話全吞進肚裡。

這幾日，小高都拉著大輔深夜胡混，討論小雅的狀況，不然就是看漫畫、追遊戲實況。

有時兩個男人就這麼打遊戲打到深夜，導致他有點睡眠不足。

而今晨起來，大輔發現小雅竟還沉睡著。

他們同居兩個月餘，都是小雅清晨起床替他做早餐，小雅還會換著花樣做，今天做日式味噌湯烤鮭魚，明天就換義式三明治配濃縮咖啡。大輔承認自己有點私心，把店裡庫存賣不掉的《全球早餐大觀》拿給小雅吃了。

小雅雙目緊閉、臉色潮紅，看上去有點像人類發燒的狀況。

大輔餵他喝了冷水，但不見好轉。

他本想留下來陪小雅，但高知彰說小雅不是第一次這樣，他懂得怎麼照顧，要大輔還是來赴約，大輔也只得接受老友的好意。

「店長……？」

大輔回過神來，才發現小仙女她們不知何時搬了一堆甜食堆在他面前的桌上。婦肩還沖了泰式奶茶，熱騰騰地冒著蒸氣。

「諸位，誠如先前跟各位介紹的，這位是鹿鳴書店的店長，高大輔高先生。」

小仙女咳了一聲。

「這次的決戰，承蒙有高大輔先生鼎力相助，我們才能讓糧草即時抵達前線，也避免全軍窗沒的危機。我謹代表我們羽毛筆工作室全體戰友，向高店長致上最深的謝意。」

婦肩和惡魔貓女紛紛從椅子上站起，把右手按在心臟的位置，齊聲喊道。

「我們感謝您！大輔店長！」

「啊、不……不用這麼誇張，只是舉手之勞而已。」大輔惶恐地說。

「別太在意，只是一點儀式。」小仙女又咳了聲。

女孩們坐回桌邊，桌上除了甜食還有許多補充能量的東西，像是大輔以前季末結算時，因為抽不出空吃飯會買的那種能量餅乾，還有諸如能量飲、蒟蒻果汁、雜糧棒等等的食物。

小仙女讀出大輔的眼神，說：「快到『戀與總編輯』Only 場的截稿日了，比較忙一點，本來想收拾好再迎接店長的，但還是抽不出空來。」

大輔神色複雜地說：「所以那款遊戲真的這麼紅啊？」

惡魔貓女點頭如搗蒜道：「當然啊！它紅到要以原遊戲世界觀為基底，推出廣播劇和舞台劇。製作團隊最近才公布消息。」

大輔不敢多在這話題上停留，環視了工作室一圈。

「妳們……是從什麼時候開始的？」大輔問道。

「店長的意思是？」小仙女挑眉。

「唔，我是說，我之前在那個印刷廠聽妳朋友說過，她說妳一直都在寫作，還在網路上是大、大手什麼。」大輔努力說出術語。

「沒什麼大不大手的，網路上所謂大手，不過是題材對了，文筆又還過得去，加上善於社交，所以看上去追捧的人多罷了。」

小仙女目不斜視。

「但實際上，就算是千人追捧的所謂『大手』，真正出本時銷量也不見得理想。對讀者來講，免錢嗑糧和花錢買書之間並不見得畫上等號。」

「那倒是真的，當初剛開始成立工作室時，還有遇過印調三百多本，但實際上最後付錢的只有八十本的狀況。」

婦肩在一旁嘆氣。

「更慘的是那時候我們沒有經驗，想說印調三百，開版印個五百應該不虧吧？結果到最後山積了一堆。印調比BL小說裡的總裁攻更不可信啊。」

「印調？那是什麼？」大輔問。

「印刷數量調查。」惡魔貓女在一旁解釋。

「我們這種自費、小量出版的工作室，一般而言付不出龐大的印刷費用，得先向讀者收錢，這就是所謂預購。但有時候時間比較趕，收書錢很花時間，就得邊收錢邊付梓。折衷的方法就是印量調查，通常就是在網路上開個表單，問問有誰要買，依據填單的人數向印刷廠下訂要印的數量。」

大輔聽得嘖嘖稱奇，他是書店老闆，還是半途出家的那種，等於書市的最下游，即使如此，他每天為了物流、庫存、折舊的問題，也已經焦頭爛額。

他實在無法想像從上游到下游、從書的出生到終結都由同一個人包辦的狀況，感覺會累到抓狂。

「有人會填了，但最後不買嗎？」大輔好奇地問。

婦肩瞪大眼睛說：「有啊！當然有啊，多到不行好嗎？很多人填印調只是填好玩的，可能晚上坐在床上摳腳趾，刷推特剛好看到，或是在等公車有時間，順手花個五分鐘填完了，連作者是誰都不知道。路人就罷了，我還遇過印調的時候在心得欄對心蓓告白一大堆，說什麼期待已久的本、要買個八十七本之類的，最後預購時不見蹤影的情況。」

惡魔貓女跟著嘆氣，大輔眨著眼問：「為什麼要這樣？整人嗎？」

「有些人不是故意的，像家裡臨時有變故、換工作，被房東趕出去之類的。畢竟文創這種東西，總是大家有閒錢才會想到的，飯都沒得吃的人是不會想要掏錢買書的。」

大輔可以理解，即使是在鹿鳴，賣得好的也是那種高普考參考書、育兒知識書或是偶像雜誌之類的，都是實用價值居多的書。

「妳們……不會覺得很累嗎？」大輔問道：「我是說，妳們都有正職不是嗎？正職都跟創作無關，下班時間還要來煩惱這些事情。」

婦肩和惡魔貓女對看一眼，一時都沒說話，倒是田心蓓開口了。

「就是因為累，我們才組成工作室，燕如和舒慧自己都有在畫漫畫，要出本的時候彼此Cover，寫出來的東西也能相互分享，遇到鳥事可以互相鼓勵，唯有這樣才能支撐下去。」

小仙女說：「而且店長說的狀況在台灣很普遍，我認識的漫畫家十之八久都有兼職，出本賺不了什麼錢，就算進入商業出版，以現在書市狀況，全職漫畫家大多也只能餓死。」

婦肩在一旁接口：「但心蓓跟我們是不一樣的。」

小仙女望向她，表情有些訝異。

「我知道的，創作這行其實很講天分，經驗、年齡、技術，那些都是假的，只能是助力。一個人能不能成為成功的作家，往往最開始就決定好了，真正厲害的創作者，在創作第一部作品時就會嶄露頭角。」

婦肩認真地說：「但那種厲害到不行的創作者，一千人，不，一萬人裡面可能才會有那麼一個，就像《獵人》裡的小傑和奇犽一樣……啊，店長看過這部漫畫嗎？」

大輔搖了搖頭，婦肩露出「好想傳教給你啊」的神情。

「寫作天分就跟念能力一樣，只有極少數人能自由駕馭。其他人都是智喜，可能創作個十年八年，但都是庸庸碌碌的。哪天結了婚生小孩，不再愛了，就把創作這件事從人生的履歷表中刪除，通常再也不會回頭。」

大輔看小仙女有點坐立難安，想阻止婦肩說下去，但終究沒有開口。

「我第一次看到仙大的創作，是在我們高中漫畫創作同好會。那時候她畫的是原創漫畫，我還記得是個機器人與真人戀愛的故事。」

大輔聽小仙女介紹過，說她和婦肩是高中同學，而惡魔貓女則和她在前一間雜誌專賣店打工時認識。

兩個女孩都是「眷戀羽毛筆的仙女」的忠實粉絲，婦肩還長期擔任小仙女粉絲專頁的小編。

「在看到心蓓的創作之前，我覺得自己是很有才華的，但在讀完心蓓漫畫的那刻，我才知道，原來世界上真的有生來就是為了創作的人。那種感覺完全不同，怎麼說……就像作品摻了金子，閃閃發光一樣。」

大輔想起小雅吃下小仙女的作品時，那種彷彿初嚐美酒般的迷醉神情，知道婦肩並不是隨口說說。

「可惜仙大現在都不畫原創作品了。」惡魔貓女在一旁說。

「工作室裡有心蓓以前的原創作品，有漫畫也有小說，我有時候也會拿起來翻，但心蓓這五年來都只畫同人，雖然就行銷來講，同人綁定熱門作確實比較好賣啦，但我還是好想做『眷戀羽毛筆的仙女』的原創作品啊！」

「為什麼不創作自己的故事了？」大輔好奇地問。

小仙女一直安靜地坐在一旁，看見工作桌的視線都聚向她，她臉上閃過一抹不自在，伸手推了下眼鏡。

「就像舒慧說的，原創並不好賣。」小仙女聳肩說：「羽毛筆工作室得經營下去，印刷、報攤都是錢，更別提畫具、墨水那些基本開銷，我不能因為任性讓我的戰友吃土。」

「我不介意吃土啊，反正我有正職。」婦肩插口：「更何況為了妳吃土我很樂意，要我吃香灰都行，對吧，惡魔貓女？」

「但心蓓沒辦法專職創作，最主要是因為伯父伯母吧？」

惡魔貓女說，大輔看小仙女臉色終於微微一變。

婦肩接口：「仙大的爸媽都在科技公司工作，一個是高階工程師，另一個是金管人員，總之都是有頭有臉的那種人，仙大大學念的是商學院，有夠浪費人才。後來仙大自己偷申請文學院雙修，被田伯父發現，伯父他還……」

「……舒慧。」小仙女叫住夥伴，但婦肩聳聳肩。

「都已經過那麼久了，何況土方店長又不是外人，是戰友不是嗎？」

「發生了什麼事嗎？」大輔問。

小仙女沒吭聲，婦肩就幫她接下去。

「那是三四年前的往事了，心蓓她參加了一個新人原創漫畫競賽。」

婦肩說：「稿子都畫完了，還沒投遞，剛好那時因為學業問題和她爸起衝突，結果她爸一氣之下把她畫了三個月的稿子徒手撕了，還說什麼書沒念好的人沒資格『玩』這些。」

大輔一時無言，婦肩又說：「我記得心蓓當天半夜提著行李到我家寄住，從此整整一年沒踏進家門一步。最後她爸媽好不容易妥協，准許心蓓在『課業餘暇』可以畫漫畫。」

「不過仙大超有骨氣的啊，離家後沒跟家裡拿過半毛錢。」

惡魔貓女托著腮說：「那時候實體同人書市還算不錯，我記得仙大第一次出本，就爆賣了五百多本，還緊急加印了好幾次，就靠那場撐了半年學費……但也只有那次最好就是了，接下來都是山積和還債。」

婦肩和惡魔貓女相視苦笑，田心蓓卻沒有笑。

「都是陳年往事了，說到底，靠創作吃飯這件事本來就不切實際。創作不像做家庭代工，做三小時就能夠完成三小時的分量。有時候坐在電繪板前三天，都不見得能畫出一格來。」田心蓓說。

「但妳不會覺得很嚮往嗎？」大輔忽然問。

小仙女一怔，大輔才撫了撫後腦杓。

「啊，抱歉，我……有個很親密的朋友，他是專職筆耕者，專門幫人寫遊戲劇本的。」

「是店長的女朋友嗎？」惡魔貓女忽問。

大輔一顫，道：「不，只是普通朋友，他是男性。」

婦肩和惡魔貓女都「喔」了一長聲，大輔實在沒有在員工和員工朋友面前出櫃的意願。會提到白華，大輔自己都嚇了一跳，明明自己是怎麼都不願再想起那個人的。

「那人完全靠寫劇本吃飯。我以前……和他還有聯絡的時候，覺得這是個遙不可及的世界。創作自己喜歡的東西、靠這些東西維持生活，再創作更多美好的事物……我曾經很羨慕這樣的他。」

仔細想來，和白華同居那五年，白華經常鼓勵他創作，甚至提出要與他合作的企畫。

但看著創作事業蒸蒸日上的白華，不知怎麼的，大輔總覺得越來越無法提筆。自慚形穢倒不至於，他本來就覺得自己沒什麼才華。

但就是一種……無論怎麼努力，都追不上身邊人的挫折感。

「所以店長跟那個男性已經分手了嗎？」婦肩忽問。

「嗯，已經分手……呃，我跟他只是普通朋友。」

大輔耳根漲紅，兩個女孩露出微妙的神情，更讓他無地自容。

好在小仙女主動開口：「也沒什麼好羨慕的，我知道自己的斤兩，不是每個人都適合走這條路。人都是要吃飯睡覺的，有再好的才華，餓肚子的時候什麼也生產不出來，我得先填飽自己肚子，才有資格談創作。」

「夢想也好，才華也罷，都是不能當飯吃的。」

小仙女從椅子上站起來，順手搜括桌上最後一個檸檬塔。

「好了，我和店長明天還要上班，燕如也還要回公司加班，就散會吧！店長，剩下的甜點你要是喜歡，帶幾個回去給那個少年，也算聊表謝意。」

「啊，甜點就算了，剛才好像聽妳們說工作室有心蓓的庫存書？」

田心蓓一臉狐疑，大輔忙補充說：「之前在會場，妳不是送了小雅一本書嗎？他看了好像很喜歡，想說如果有庫存，我再帶幾本回去給他。」

婦肩說：「有是有，但都是很久以前的本了，CP早就過時了喔。」

「不要緊。」

大輔露出向便當店阿姨要求包走最後一個雞腿便當時的眼神。

「不麻煩的話……可以統統給我一份嗎？」

✎✎✎✎

大輔帶著兩大袋同人誌回到套房時，高知彰並不在家。

小雅仍然在床上休養，他雙眼緊閉，臉色比大輔臨走時看起來更紅，額角淌著冷汗，即使在睡夢中，仍舊虛弱地喘著息。

大輔吃了一驚，小雅無意識地抓著喉口，鎖骨都被他抓出血痕來。

他忙在小雅床邊蹲下，伸手摸他的額頭，發覺冰涼如水。

「小雅，你還好嗎？」大輔試探著問。

但小雅沒有回話，只是像個作惡夢的孩子般左右搖著頭。枕頭被小雅淌出的冷汗浸溼，大輔這才看見枕頭下竟壓著張紙條。

致吾友：

小雅又發了「成長熱」（我擅自取名的），先前和我住在網咖時也有過兩次，書精每回在年齡發生變化時，好像都會有這種現象。

但以前最多持續半天，這次特別嚴重，可能是之前大量攝取書籍造成的反饋，也可能是他面臨成長關鍵期，這我還在研究。

家中現有的書籍無法緩解他的狀況，我出去找適合他的書給他服用。你若有新書，也可以先餵食他，可以緩解他的症狀。

其他等我回來再聊。

小高

大輔不禁苦笑，高知彰說「回來再聊」，簡直就把他這十數坪大的小套房當自己家了。

雖然以老友的性格來看並不意外，畢竟是能把整間書店丟給他，失蹤整整七年的男人。

老友還在餐桌旁的小角落放了張矮桌，專擺他的電腦和書。電腦旁放著剛開封的品客洋芋片、喝到一半的手搖杯，底下的坐墊還有凹痕，不難想像高知彰方才宅在這裡的光景。

他與白華同居那漫長的五年裡，那間兩房一廳的房子也有張這樣的矮桌。

白華不在工作室時，會跟他各踞矮桌一頭，大輔在向陽處，白華怕熱，總躲在陰暗裡。

兩人各自敲鍵盤、打電動、看書，有時默契地抬起頭來，眼神對上，還會相視一笑。

疼痛如此短促而銳利。

大輔忙晃了晃腦袋，收拾高知彰的零食殘跡，蹲坐到小雅身邊。

「小雅，你醒醒，我給你帶了……書回來。」

大輔一時不知道該說「帶書回來」還是「帶食物回來」，最後選了前者。身為人類，他還是無法完全將自己銷售的商品視為糧食。

小雅睜開一絲眼簾道：「大輔先生……」

大輔從紙袋裡拿了小仙女的書。婦肩和惡魔貓女都相當熱情，給了他小仙女十年份的庫存作品，有漫畫也有小說。

雖然光看書名，大輔都不解其意，什麼《ㄩㄇ轉生》、《二點四三公尺的光與影》，還有疑似地理書籍的《誰說義大利不能騎到德國身上》，看來是小仙女高中時期的同人誌，大輔還感慨現在的女高中生還真關心國際政治。

因為是庫存，有些同人本連封膜都沒拆，但小雅像是聞到香氣般，驀地睜開眼來。卻見他眼瞳闃黑，深處流轉著光芒。大輔還來不及把封膜全拆掉，手裡的書便被小雅搶了過去。

「啊……」

小雅坐直起身，先吃了那本《ㄩㄇ轉生》。

先前大輔旁觀小雅進食，總是很客氣、文雅，邊品嚐邊享受，吃到關鍵處時，還會仰頭沉浸在餘韻裡，末了還會細心舔去掉落的紙屑。

但眼前的小雅就像是餓極了似的，他三兩口啃掉《ㄩㄇ轉生》，拿起旁邊的《二點四三公尺的光與影》，也是三口了結。

他眼神泛著紅光，齒邊留著紙屑，伸舌舔著唇邊，彷彿尚未饜足，這景象讓大輔想起草野上的豹子，不由得微微一縮。

小雅又伸手抓了那本《誰說義大利不能騎到德國身上》，吞嚥的瞬間，小雅忽然全身一震，像是有什麼人在他背脊上打了一掌。

「怎麼了，小雅？」大輔緊張地問。

小雅淺淺喘息，放慢了進食的速度，閉上眼睛，彷彿在享受什麼米其林頂級珍饈般。書頁消融在小雅的唇齒間，墨字接觸到小雅的紅舌，便像江海納百川般消失無蹤。

大輔驚覺自己竟看得如此細節。他忙把目光移開，只覺心跳微快，卻不懂為何如此。

小雅吃完了那本地理書，又吃了紙袋裡的其他書本，約略吃了十七八本，吃到小腹微凸，還打了個飽嗝。

小雅手裡抱著吃到一半的書籍，歪頭又沉沉睡去，但這回面色紅潤、神態安詳，唇角微微逸著笑，像作了什麼美夢般。

大輔伸手碰觸書精的額頭，發現體溫已然恢復正常。他鬆了口氣，看來高知彰說的那什麼成長熱，應該是暫時緩解了。

他的手機亮了一下，是未讀簡訊提醒。

大輔知道那是白華慣例的簡訊，那人依然照三餐傳簡訊來，大輔回訊警告過一次後，白華雖然收斂許多，還是至少一天一封。

他試過封鎖白華，但這已經是白華用的第七個號碼。到後來大輔索性放棄，反正春風吹又生，不如任由他荒蕪。

親愛的大輔：

你的背影越發削瘦了，近距離凝視你的背影，也無法第一時間認出你來，看來我真是前男友失格，對嗎？

我很想見你，我有重要的事要跟你談。

但我懼於把手搭到你的肩膀上，怕你從此逃開，雖然不是不能追著你，但我不想看見你為此困擾的神情。

你願意再回過頭來看我一眼嗎？大輔。

愛你的　白華

大輔倒抽了口氣，雖然知道前男友可能只是慣性文青，但那種越逼越近的感覺，還是讓大輔覺得呼吸困難。

他忙放下手機，轉向小雅的睡臉。

那天聽完高知彰剖析後，大輔始終沒時間坐下來好好思考。

高知彰說，小雅終有一天會餓死。

大輔也有感覺，隨著外貌年齡成長，小雅對書的品質要求也越來越高。

大輔書庫裡現存的世界名著已經被小雅吃得七七八八，而現在鹿鳴暢銷的速食書籍，像什麼《從今天起不再害怕要電話》、《年輕退休當富婆》或《預防老年肩頸殺手》……完全滿足不了他。

他與小雅不過相識三個多月，要說感情深厚，也不盡然。

但想到眼前這個少年有天會從世上消失無蹤，大輔竟忽然覺得胸口劇震，程度不亞於那天在吉野家看見白華與他的家人。

「要怎麼樣才能救你呢……？」大輔呢喃著。

他替小雅蓋了薄被，思索了一會兒，倒在小雅身邊沉沉睡去。

✎✎✎✎

女孩來到花店前，發現大門深鎖，男孩不知去向。

她感到錯愕，過去數月以來，男孩動不動就捧著花來送她，女孩本以為男孩只是普通的跟蹤狂，還想報警處理。

但男孩如此鍥而不捨，女孩不見他，男孩就把配好的花束放在女孩家門口，還會搭配季節、氣候、女孩今天的穿著。

豔陽天就是向日葵；陰雨天是滿天星；逢情人節或母親節，還有玫瑰花和康乃馨。

但女孩不喜歡男孩，只覺得噁心。

男孩送她的花，女孩一律丟垃圾桶處理。

但女孩也是正常的常識人，丟那麼多花，丟久了心也會虛。

何況女孩家境不好，想到這花也是錢買來的，而且花努力長這麼大，最後的下場卻是被跟蹤狂拿來遂行跟蹤犯行，女孩都要為花感到難過了。

她絕沒有半點同情男孩的意思，純粹是替這些花伸張正義。

女孩抱著這樣的心思來到花店，想把手裡這束紫色鬱金香還回去。這花看起來就很貴，女孩實在丟不下手。

但沒想到花店卻關了門，門上還貼著紙條：停業待售。

女孩抱著那一大束鬱金香正不知如何是好，背後卻響起腳步聲。

女孩嚇了一跳，她驀地回過頭，發現正是男孩。

男孩穿著花店的綠色圍裙，侷促地在圍裙上擦著手。

女孩脫口而出：「怎麼回事？花店怎麼關門了？」

她見男孩不說話，發現自己的語氣過於強勢，忙改口。

「你別誤會，我不是要探你隱私，只是你一直送這種不能吃也不能賣錢的東西給我，讓我很困擾，我打算把花拿回來還你而已。」

女孩本以為男孩會生氣，但男孩深吸了口氣，說了女孩意想不到的話。

「我……有件事，一直都沒對妳說。」

男孩低著頭、抿著唇，像在蓄積勇氣，好半晌才抬起頭，直視女孩。

「我其實……並不是人類。我是靠吃花維生的花精。花，其實是可以當飯吃的。」

* * *

「……大輔哥，你醒了嗎？」

大輔微微睜眼，恍惚還以為自己回到了和白華同居的時期。

入耳的嗓音低沉而磁性，和白華那種溫暖、黏膩的嗓音又略有不同，充滿成熟男性的魅力。大輔想起小仙女在聽什麼廣播劇時，常嚷嚷著「耳朵懷孕了！」之類神祕的形容詞，大輔忽然覺得能理解一二。

那人見大輔沒有反應，在他面前俯下身，竟伸手按住了他的額頭。

「大輔哥？」

大輔總算回過神來，他抬頭一看，眼前是個幾乎陌生的成年男子。青年看上去二十出頭，留著一頭即肩的頭髮，髮色很淡。男子的眼瞳深邃，和髮色相反，濃得像要把人的靈魂汲進去一般。

男子的身材相當好，肩骨寬，腰細窄，手臂粗狀，臀部和大腿都起伏有致，小腿充滿力度，胸腹有明顯的肌肉線條。

特別是胸肌，走路時還會一晃一晃的。

大輔之所以看得如此清楚，是因為眼前的男子幾近一絲不掛，只在重要部位圍了條短毛巾，用曬衣夾夾在人魚線附近。

「你是什麼人？」

大輔警覺過來，慌忙往床邊挪，這才發現他不知何時已被搬到臥房床上，上衣還被換過，下半身竟沒穿，只留一條四角褲。

胸肌男子露出意外的神情。

「大輔哥，你怎麼了？」

胸肌男子在他床邊坐下，大輔發覺這男的竟比他高出一個額頭，用恰到好處的視角俯瞰著他。

「我看大輔哥在沙發上睡得滿身是汗，想說替你換個衣服，順道挪進來臥室。大輔哥最近很累吧？睡了三小時，都快到晚餐時間了。我做了一點牛肉麵，還有召南哥喜歡的韭菜水餃和酸辣湯，大輔哥要是睡飽了，就出來吃吧！」

大輔這才認出眼前的人來說：「你是小雅？」

他定下神來，仔細端詳胸肌男的五官。確實眉目都有小雅的影子，眼瞳是原本的顏色，只是鼻子更挺了點、下唇更厚更性感了一些。

他還記得小雅耳殼的形狀，下巴的輪廓也並無二致，只是喉口的地方多了個喉結，隨著小雅震耳的嗓音滾動。

「你……怎麼會變成這樣子？」

大輔發覺自己口乾舌燥，忙挪開視線。

「我也不知道，本來從昨晚開始就覺得身體很熱、很疲倦，還一直作夢，後來我記得大輔哥回來，餵我吃了一些書。那些書吃下去後，胸口忽然變得很痛，像有人在啃咬一般。」

小雅用不符大輔記憶中的成熟語氣說著。

「我記得我暈過去，再醒來時，就變成這個樣子。」

「你怎麼……我是說，你怎麼不穿衣服？」大輔結巴。

「我身體變化有點大，大輔哥給我的那些衣服穿不下，只好先這樣子。我有傳簡訊給召南哥，請他幫我去 UNIQLO 買幾件新的。」

大輔心跳越益加快，眼前的小雅確實是小雅，卻又有哪裡不同。

「為什麼忽然叫我『大輔哥』？」大輔又問。

小雅笑了笑道：「叫『大輔先生』很生疏不是嗎？我們認識這麼久了，總不能一直用『先生』稱呼你，還是直接叫你『大輔』呢？」

大輔呼吸緊縮，猶記當年他和白華交往時，最初總是約出來見個面、吃個飯，聊聊誰又出了什麼書、哪個文學獎公布結果等等。

某次白華忽然對大輔說：「我好像一直叫你『高大輔先生』，感覺好生疏啊，如果不介意的話，從下次見面開始，我可以叫你『大輔』嗎？」

而從下次見面開始，白華果真言出必行，用「大輔」稱呼原本還是網友關係的他們。稱呼這東西真是不可思議，只是少了幾個字，小雅的嗓音在他耳裡聽起來，竟都有了截然不同的意味。

「大、大輔哥就可以了。」大輔晃了晃腦袋，讓自己清醒些。「所以從心蓓那裡帶回來的書，你都吃完了嗎？」

他往外頭地上一瞥，他帶回來的兩大袋紙袋空空如也，連一點紙渣都沒剩。

「嗯，全部吃完了，雖然有些味道還有點澀，但有幾本真的是太美味了，謝謝大輔哥，我吃得很滿足。」

小雅懷念似的舔舐了唇瓣。大輔心跳快如擂鼓，他視線下移，不知怎麼地停在小雅兩條大長腿上。

「那個，總而言之先穿褲子吧？我記得我有買幾條比較長的睡褲……」大輔忙挪開視線，往衣櫃方向逃竄。

但小雅卻一把抓住了他。

「等一下，大輔哥，我還有話要說！」

大輔一時猝不及防，重心失穩，竟往後跌回床頭。

小雅吃了一驚，忙站起來扶住他。此時大輔手一揮，竟不偏不倚揮中他胯間那條可憐的小毛巾。

大輔腦中頓時浮現成語：圖窮匕現。

大輔本來期許小雅可能只是長了身體，畢竟不是人類，書精也不該著重在性徵這種地方。

但他發現他錯了，不知是否餵食的書種有點偏差，現在展現在大輔眼前、書精腿間的，是他多年書店店長生涯中從未見過的巨型書籤。

「小心一點，大輔哥。」

小雅似乎完全沒注意到他的震驚，他把大輔扶回床上，過程中大輔仍無法將視線聚焦，因為書精胯間的那個東西，非但只是尺寸驚人而已，狀態也引人非議。

「啊，這個嗎？我也不知道為何會這樣。」

小雅終於注意到大輔的孟克臉，神態倒很輕鬆。

「那些書好吃是好吃，但吃到一半，身體忽然覺得很熱，特別是小腹這個地方，好像有熱水流過一樣，感覺癢癢的。」

小雅歪頭。

「等我注意到時，這地方就已經是這樣子了。我本來以為是想上廁所，但尿了好幾次還是一樣。我也有試著沖冷水，或用書裡教的方式弄出來，但是軟下去沒多久又會硬起來，可能是一次攝取的量太大了。」

大輔頭暈目眩，小雅還用手握住那個硬起來的東西。

「我再弄出來一點，應該就會消下去了。」

小雅說著，他正對著大輔打開雙腿，手在書籤上方移動。大輔覺得自己三魂七魄都吐出了兩魂半。

「不、不行，你先等一下……」

更可怕的是明明是書精，大輔卻從小雅身上嗅聞到屬於男性的汗水味，還有種淡淡的，彷彿書籍剛印刷出來時的紙香，兩者交織在一塊，對大輔而言簡直會心一擊。

「為什麼不行？」小雅疑惑地問。

「不行就是不行！你先穿上衣服，不，先穿上褲子，至少內褲。」大輔語無倫次。

「但以我剛才得到的知識，人類男性性徵變成這副模樣時，緩解方法有兩個，一個就是自己用手弄出來，另一個就是……」

小雅頓了一下，大輔本能地問：「就是什麼……？」

但他問出口就後悔了，果然書精指著他的「書籤」說：「就是把這個放進另一個男性的肛門腸道裡。不過這麼做的話，對方好像會很痛的樣子，書上是這麼描述的，但我不想讓大輔哥痛。」

田心蓓！妳到底都寫了些什麼書！

「等我能找到讓大輔哥不痛的方法再說吧！在這之前還是用手就好了……啊，還是說，大輔哥願意用手幫忙我？」

大輔才發現書精已經逼到他眼前，一把抓住他的手，一臉純真地把他往「書籤」的方向拉。

「不、不可以！」

小雅停下動作，大輔覺得自己快崩潰了。

「這……這種事，不是誰對誰都可以做的，你明白嗎？」他喘著氣。

小雅一愣，道：「但是大輔哥給我吃的書裡，很多人都是剛見面就做這種事了啊？還不只是用手打出來而已，有約炮的，還有吃了春藥不得不跟路人打炮的，還有被黑道綁架之後，被整個組織的人輪著上的，啊，還有被觸手……」

大輔感到絕望，高知彰說，書精的知識全從食用的書籍而來，但大輔不知道連性取向也會受影響。

他看著滿臉困惑的小雅嘆了口長氣，拾起床邊毛毯，堆到小雅的巨型書籤上。

「……或許對有的人可以，但我不行。」大輔說：「對我來說，這種事情，要跟喜歡的人才可以。」

小雅沉默了好一會兒。

「所以大輔哥……不喜歡我嗎？」他謹慎地問。

大輔愣了愣，眼神和近在咫尺的小雅對上。他發現書精是認真的，並不是隨口問問。

他與小雅相識三個月餘，從只是書店店長和偷書賊的關係，到現在幾乎算是同居人，但即使物理距離如此接近，大輔對小雅還是沒有任何真實感。

總覺得他有朝一日醒來，身邊這個少年……現在應該是男人了，會從他眼前消失無蹤，再也看不見、摸不著。

「……我並不討厭你。」大輔說了實話。「但這和能夠與你做這種事是兩回事，我對你的喜歡……並不是那種喜歡。」

小雅認真思考了一下後說：「所以大輔哥，有喜歡到可以做這種事的人？」

大輔心頭驀然一刺。

「……曾經有過。」大輔說：「但那是個錯誤，以後再也不會有了。」

小雅聞言又安靜下來，他從大輔身前直起身。大輔以為他要放棄了，小雅卻又俯下身來，這回湊得極近，兩人鼻尖只距離一公分。

「我有話一直想對大輔哥說，之前不知道該怎麼講，但現在我懂了。書上說，人類是群體生物，個體之間心意不互通，必須倚賴溝通，心裡的想法若不說出來，對方是永遠不會明白的。」

小雅兩手伸長，掌心貼在大輔身後的牆上，將大輔困在臂彎間，居高臨下。

「大輔哥，不，高大輔先生，我喜歡你，是想對你做那種事的喜歡。」

書精說著與他的姿勢體態完全相符的對白。

「即使不是現在也無妨……但可以請你慎重考慮跟我做那種事的可能性嗎？」

砰的一聲，大輔套房的大門開了，高知彰抓著兩大袋麻袋，情緒高昂地大步走了進來。

「大高！我回來了！小書精，猜猜我為你找到了什麼好書？是手塚治虫的初版漫畫全集喔！還是精裝版本，包準你吃完之後爽到失神……咦？」

大輔穿著鹿鳴的制服圍裙，把最後一疊書補上「本日精選」的書架上，長長嘆了口氣。

新曆年將近，天氣越來越寒冷，各大行業都進入最忙碌的時期。唯獨只有鹿鳴，一早上生意慘澹，從十一點開門到現在，竟都沒客人上門。

小仙女今日輪休，說是大戰之後要休養生息，也沒有像平常一樣自主到書庫處理庫存，因此鹿鳴今天只有高大輔一個人。

「唉……」

造成鹿鳴店長如此沮喪的來源，不意外的是三個多月前在鹿鳴偷書，被抓包的那個少年偷書賊。

那個偷書賊非但偷書，還住進了大輔的家。事後，大輔發現他曾經被丟爛攤子給他的老友收留過，其真實身分不是人類，而是靠食用書本維生的書精。

而就在上週末，那個少年書精在忽然長大成人的那天，向他這個書店老闆，告白了。

第八節

如果不是書店後面那些庫存還妥妥堆在那，讓大輔知道他還在現實空間，不是什麼巴斯特鈕或動物方城市之類的地方，這段經歷大輔重述起來都尷尬，會覺得自己是不是嗑藥了。

他坐在倉庫前的木凳上，脫下圍裙捏在手裡，用手抹著臉。

那天小雅的告白，被突然闖入的小高打斷了。

高知彰先是錯愕，這也是當然的，畢竟老友目擊的景像是：外貌二十出頭、渾身光裸的青年，挺著胯下高聳的「書籤」，壓在另一個外貌年齡三十出頭，實際年齡三十五歲，剛和前男友分手不久的 GAY 身上。

大輔不清楚小高知不知道自己的性取向，他從未向老友坦白過，避免尷尬。

但兩人從國中相識到現在，大輔一個女友也沒交過，連A片A漫都敬而遠之，高知彰也不是白痴。之所以不戳破，恐怕也是為他們的友情留餘地。

因此，被小高撞見這種說破嘴也解釋不清的場景時，大輔有種我命休矣的絕望感。

但小高接下來的反應卻出乎大輔預料。

「哇！真的變大了！」他大叫著：「我推測得沒錯，這次『成長熱』之所以特別劇烈，是因為要從青春期邁入成年的緣故，就是台灣話的『轉大人』。」

他繞著小雅轉，端詳他的體格，無視下方羞憤欲死的書店老闆，還拿出那本小筆記迅速記載著什麼。

「看來不單是外貌變化，也會產生成人的性慾和衝動。高大輔，真有你的，我試了很多書，都沒辦法讓小雅順利轉大人，你是餵他吃了什麼書，這麼營養？」

因為小高亂入，小雅也沒能繼續提告白的事。

小高還拉著書精，把他精心收集的各類圖書秀給小雅看。但小雅似乎被小仙女的書餵得很飽，暫時沒辦法再進食，只能先收藏著。

那之後小雅仍舊住在他的屋子裡，替他處理家務、煮飯、放洗澡水。

小雅對他的態度也沒變，除了日常家務，下雨的時候，小雅會陪大輔走路到書店，替搬重物的他撐傘。晚上大輔工作得太晚，睡倒在電腦前時，小雅會抱他進臥室，替他蓋棉被。

有時，小雅也陪他到鹿鳴書店，以現在他這種體格，搬書打雜什麼的完全難不倒他，甚至可以一手一個紙箱。

這讓大輔有點困惑，他甚至想，小雅會向他告白，或許只是單純模仿書中情節而已，連告白的意義也不明白。

白華從沒跟他告白過，兩人相識七年、同居五年，所有事情都像水到渠成一樣，大輔甚至不記得白華有沒有跟他說過一句「我喜歡你」。

和白華住在一起，大輔和他相處起來也和普通朋友一樣，他們第一次發生關係，還是在同居的兩年後。

在這之前最多親親摸摸抱抱，連接個吻，大輔都得天時地利人和。

與其說慢熱，大輔自問是個偶像包袱很重的人。從意識到自己的情感到接受那些情感，再到實際付出行動，沒有個五度五關不行。

而事實證明，他就算過關斬將，以為終於找到他今生的五燈獎，回頭才發現全是笑話一場。

白華尚且如此，更何況小雅只和他相識幾個月。

更何況小雅不是他喜歡的型，差得很遠。

更何況小雅在不久的未來很可能會死亡，從他眼前消失。

更何況小雅根本不是人類。

大輔就這樣裹著毛毯，窩在櫃檯後胡思亂想著，直到午後一點，生理的肌餓感才把他從微恍惚的狀態下喚醒。

他從木凳上站起，打算跟隔壁咖啡館老闆講一聲，去附近包個便當。

這時門口傳來人聲：「有人在嗎？我想找本書。」

大輔忙重新套上圍裙道：「來了。」

他掀開簾子，走到前方的書店區。

來人是個高大的男性，鹿鳴座北朝南，由於正午背光，大輔一時看不清那人的臉孔。

男性徑直走到書架間，大輔用手遮擋陽光，才總算看清楚那人的臉孔。

「大輔。」

那人輕柔地喚他的名字，暖陽如斯，大輔卻全身如入冰窖。

「好久不見，終於不是只看著你的背影了。」

那人是白華。

大輔第一時間的反應是往書店裡跑。

他躲進書庫的布簾後方，試圖關上書庫的門。

但書庫從牆邊到門口全是滿滿的書，連門都被成山成堆的書擋住，大輔因此才裝上門簾，那扇門不知道多久沒能關上了。

大輔沒法關門，只得又從倉庫裡出來。他往書櫃間跑，讓店裡最高的那架書擋在他與白華之間。

白華沒有動作，大輔一路退到離他最遠的書櫃牆邊。他往門口一望，渴望有幾個顧客進門救他，但人群熙來攘往，就是沒人肯為了書店駐足。

「……你來做什麼？」大輔深呼吸了兩次，還是止不住指尖末梢的顫抖。

白華仍舊站定不動，大輔從書籍的脊縫間，看到男人比記憶中略顯削瘦的臉龐。

從他拍了吉野家收據傳給白華那天，算起來不到半年。這期間大輔盡可能避免接觸任何與白華有關的事物。

聯絡方式固然是全部刪除，白華過去送給他的書、雜誌、設定集、DVD甚至周邊公仔，他也全部送資源回收。

就連手機裡下載的，白華團隊製作的遊戲，大輔也全部刪個精光。SNS則設屏蔽關鍵字，舉凡和「戀與總編輯」、「遊戲劇本」甚至「手遊」相關的訊息，統統拒絕接收。

大輔曾經以為自己好多了，在這樣絕緣的狀態下。原來相識七年、同居五年，也不是真的就這麼難以割捨。

他甚至以為自己天生情感淡泊，因此對旁人而言痛不欲生，要自殺個幾次才能緩解的遭遇，大輔都船過水無痕。

但在照面的瞬間，大輔才發現自己錯了。

不是沒有留痕，只是他藏得太深，連他自己都看不見罷了。

「我傳了很多次簡訊給你，說想見你，但你都沒有回應我。」

白華的嗓音依然淡淡的，如記憶中一般溫文儒雅。

大輔這時才發現他戴著太陽眼鏡，鏡片反射書店外的午後陽光，將這人襯得如同時裝男模一樣。大輔不記得這人什麼時候那麼潮了。

「我不想嚇到你，但我已經等得夠久了。當初我說要分手，也是想讓你冷靜一下，我知道你的個性，需要很多時間消化衝擊、整理思緒，所以我願意等你。」

大輔覺得腦袋裡好像有什麼東西斷了。

「你有老婆和女兒。」大輔喘著氣，遲了六個月的對白，一下子全從腦袋裡滲漏出來。「你有家庭。」

「嗯。」白華沒有否認。「我從沒說過我沒有。」

大輔愣怔了下，他仔細回思，他們交往的五年裡，白華確實一次也沒有提起他的家人。

應該說白華的生活模式根本不像有家室的人。大輔記憶所及，白華一週至少有一半的時間是窩在他的小書房裡，像著魔一樣寫劇本，不然就像中毒一般看書、賞樂和追劇。

白華也從沒在他面前接過陌生人的電話，不曾有來路不明的交際。大輔幾乎出席他每場聚會，也從未有朋友或工作夥伴問起白華的妻女。

當初白華攜家帶眷的畫面太過衝擊，乃至接下來的日子裡，大輔的腦子都拒絕思考與此相關的任何事情。

但現在冷靜下來回想，這一切確實充滿問號。大輔有點驚訝自己竟從未懷疑過。

「我有很多話想跟你說。」白華說：「如果你願意給我時間的話。」

大輔往書店門口望了眼，小仙女現在在戰後重建期，不必期待她會忽然出現。小雅被高知彰帶去尋書了，自從小雅「轉大人」後，這兩人走得異常近，短時間應該也不會到鹿鳴來。

他得自己面對這一切。

大輔的背依然緊貼在書櫃上，他說：「有什麼話，在這邊說就行了。」

白華沒有猶豫太久，悠悠嘆了口氣。

「好，我先從最重要的部分說起。」

白華說：「我確實有老婆和女兒，我和凱潔在高中就認識，還組過社團，感情很好。大學畢業那年，她跟我求婚，我找不到拒絕的理由，就跟她登記了。」

大輔喉口熱騰騰地滾動著。白華的確很會挑重點說，光是這一句話，就讓前一秒還稍微心存僥倖，想說白華的妻女會不會跟高知彰一樣，是什麼劇本實驗產物的大輔無地自容，痛罵自己愚蠢。

「你……男的女的都可以嗎？你雙性戀？」

大輔實在不想問，但他還是問了。

白華微閉了下眼道：「在遇到你之前，我一直以為我不是。」

大輔眨了下眼，他本來曾猜想，白華會不會始終是深櫃，因為某種 GAY 都知道的原因，不能向周圍的人坦白，只能找個煙霧彈度過餘生。

雖然煙霧彈這種事也萬不可取，但大輔想過，如果白華的太太是出於理解白華的困境才和他結婚，那也不算太罪無可逭。

但現在聽白華講起來，竟像是他一直以為自己是異性戀，結婚生子後，有天才忽然發現原來自己跟男人也可以，就這麼順勢左擁右抱下去。

或許是察覺大輔的崩潰點，白華很快開口。

「凱潔是個很自我的女人，她以前也寫劇本，現在轉職成自由撰稿人，平常幫一些雜誌期刊寫專題，也參加不少社運，大多數時間都不在台北。我跟她常常兩三個月才見面一次，有時一年見不到五次。」

大輔深呼吸道：「……那你女兒呢？」

「都是岳母在帶，我岳母做過保母。現在她比較大了，也會跟著媽媽到處跑，她跟我一向不親，她小時候我工作忙，幾乎沒怎麼陪她。」

大輔忽然覺得這一切簡直荒謬至極，可以的話，他想立刻結束這些話題，躲回他的小窩裡。

他好想有個人來陪他、站在他身邊。小仙女也好，小高也好，大輔發現自己腦海裡現在最渴望的，竟是那個忽然長大成人的偷書賊。

他好想見到小雅，現在立刻馬上。

「你話說完了，可以離開了。」大輔開口，才發現自己的嗓子全是啞的。

「大輔。」

白華叫住他，大輔仍沒有轉過身。

「我知道是我不好，我不該瞞你。其實剛開始跟你見面，我還沒意識到自己的感情，等到陷進去時已經來不及了，也說不出口我已婚的事。跟你在一起很愉快，住在一起也是，我不喜歡與人太過親膩，孤獨也有助於創作。但是你讓我體驗到，原來人和人之間建立親密關係，也能夠這麼舒服愜意，和你在一起這七年，是我人生中最幸福的時光。」

「那你要跟你太太離婚嗎？」

大輔衝口而出，但他一出口就後悔了。

他在問什麼？他從來就不想讓白華做選擇，他也不覺得自己有那個資格，何況他早知選擇的結果，多問只是多受傷罷了。

「我是不是已婚，會改變你對我的感覺嗎……？」

白華忽問，大輔覺得他話音裡有些許倔強。

「你不是女人，和你也不能生小孩，既然如此，我是否結婚、是否生子，都不能取代我和你走過的這七年，不是嗎？」

大輔嘆了口氣，覺得在這裡浪費時間的自己才是高智障。

「白華，我們已經結束了。」

他閉起眼睛，把視線從白華那副太陽眼鏡上別開。

「也請你不要再傳簡訊給我，也別再來鹿鳴了，還有不准騷擾我的員工，你下次再這麼做，我就叫警察。」

大輔走進書庫，白華沒有追過來，只是在他身後說：

「大輔，你的『門』開了嗎？」他突兀地問。

大輔知道自己不能多聽，但他還是停住了腳步。

「……什麼門？」

「鋼鍊裡的那道門，記得嗎？我評論你作品時說的話。」

大輔無法說「當然記得」，但他確實一直銘記在心。

白華是他那篇斷頭小說的第一個讀者，恐怕也是唯一的讀者。

但現在就連唯一的讀者都背叛他了，不要他了。

大輔怔了下，這才察覺眼角有塊溼溼的，他伸手去抹，才發現那處不知何時已滿是水氣，而他竟然渾然無所覺。

他感覺白華的兩手指尖碰觸到他的腰，以他最熟悉的方式緩緩滑過他的腰側，慢慢箍住他的小腹。

男人的胸膛貼上來，熟悉的體溫透過背脊，流淌進大輔冰冷的身軀。

「如我所料，你的門縫已經開了。大輔，再加把勁，就能看到門那一端的風景，你不知道我有多期待那一刻。」

大輔沒有回話，應該說還來不及回話，就聽見鹿鳴那頭傳來熟悉的嗓音。

「大輔哥……？」

這嗓聲像是魔法一樣，瞬間解了高大輔的定身咒。

他一下子回過神來，用力一推，把那個還黏在他身後的軀體驅離。

白華似乎有點錯愕，但他表情不變，只是和大輔一起望向書店門口。

那是個高大、細瘦、健壯，看上去二十出頭的青年，他手上各提著兩大袋書籍，重到袋子看來都快撐破了。

但青年提起來卻餘裕從容，好像那是兩束玫瑰花一樣。

「召南哥帶我去認識的二手書店倉儲找舊書，搬了一大堆書回來，家裡塞不下了，想借鹿鳴的書庫放。」

小雅似乎嗅到氣氛不對勁，他快速走近大輔，站到他身側。

「怎麼了，大輔哥？」他警戒地看著白華。「是客人？」

大輔還在喘息，小雅把其中一袋書放下，掌心貼住大輔的背，就在心口的高度。

「他是誰？」白華也在打量著小雅。「應該不是借住在你家的那個國中生吧？」

大輔一怔，這才明白白華的那些簡訊、那些跟蹤狂般的發言，都不單是文青痴人說夢而已，而是當真付諸於實行。

但小雅成年不到一週，即使白華再怎麼緊迫盯人，也不知道成年小雅的存在。

小雅正想回答什麼，大輔已背過身，把臉埋進小雅胸膛裡。

「如你所見，我已經在談下一段感情了。」大輔試著讓自己聲線穩定，他感覺小雅渾身僵硬，但他已顧不了那麼多。「我說過很多遍了，我和你之間已經結束了，白華。」

白華微微瞇起眼說：「大輔，你在說謊。」

大輔盡力讓自己不至於顫抖地道：「……我沒有。」

「你不是這種人。大輔，和你相處……不，只要閱讀過你的創作就會明白了，你是個長情的人，你害怕改變，一旦認定了什麼，那些東西就會滲入你的骨子裡，流進你的血液，到死也不會改易。」

白華的話銳利得像刀刨，準確而刻骨。

「我們分手才幾個月，以你的性格，肯定還沉浸在識人不明的陰影裡，連回想我的事都害怕，怎麼可能有時間和心神再去談新的感情。」

白華說完，又抬頭望向小雅，語氣成熟而溫柔。

「以大輔的性格，不會拖無關的人下水，多半是你曾對他表達好感，他才能放心地利用你。是吧，小朋友？」

小雅沒有吭聲，只是伸手摟住大輔的背脊。

「但你是不行的。」白華又喃喃說：「你沒辦法打開他的門。他的鑰匙握在我手裡，我從第一次跟他見面就明白了，只有我才能引出他的才華。高大輔這個作家，注定要在我手裡開花結果，其他人都不行。」

小雅忽然抓住大輔的肩膀，將他推離自己。

這舉動讓大輔一陣驚慌，白華的聲音像針刺一樣，戳得大輔兵敗如山倒，要是現在沒個人靠著，大輔不確定自己是否還能站穩。

「小雅……」

但大輔才出聲，便哽住了。原因是小雅忽然俯下身，堵住他說話的器官。
用自己的嘴唇。
大輔瞬間僵直。

新年特別企篇　搶救ＢＬ小說庫存大作戰！

關於庫存書

年關將近，鹿鳴周圍的商圈張燈結彩，附近各商店都打出促銷活動，替冷清的書店增添不少人氣。

但對書店店長而言，每到年關最煩惱的事，就是年終庫存的處理問題。

「每年九月小盤點、二月大盤點，都會盤出一大堆瑕疵書，當年前店長進貨的方式都是買斷，很多書沒辦法退回給出版商，就只能由鹿鳴自己吸收。」

小仙女穿著鹿鳴的綠色圍裙，在書架上爬上爬下，邊抱怨著。

為了年終盤點，鹿鳴閉店兩天，小雅幫著大輔把陳年的架上書一一搬下來，挑出瑕疵書和風漬書，列成清單後，再把能賣的書重新建檔上架。

這固然是一年一度的大工程，但今年有了壯丁小雅，整個事半功倍不少，大輔也久違地檢視了許多平常沒空管理的分區。

「這些是什麼書？封面都好特別啊……」

小雅從最底端的書櫃上挖出一堆封面色彩鮮豔，書脊較薄，紙質泛黃的書。

這些書清一色都以人物為封面，且人物的狀態都有些微妙，不是四肢交纏地躲在牆角，就是一個把另一個壓在床上，再不然就是某一方被吊在天花板上，旁邊還站著個穿軍裝、拿皮鞭的男人。

小雅還看到有本書的封面，是兩個西裝筆挺的人類，對坐在溫室一般的花叢裡。其中一個年長的人類伸出手，深情地摸著另一個人類的下巴。

而這兩個人，小雅怎麼看都覺得他們皆是男人。

「啊，這本《以愛為名》到現在都還有庫存喔？」

小仙女從小雅身後一把搶過他手裡的庫存書。

「前店長之前好像進了很多這系列的書，雖然這間出版社現在幾乎沒在出原創ＢＬ了，但當年出的ＢＬ很多都很經典，像這本《以愛為名》講的是兩個律師的愛情故事，還有時尚圈的《最時尚的愛情》跟《秉燭夜話》，我當年超喜歡小衍的……」

「ＢＬ……？」小雅問。

「是啊，就是兩個男人談戀愛的故事。不過這類書籍大多是在租書店比較受歡迎，畢竟很多人看ＢＬ都只是想看肉，不會重覆翻閱，就算買了也常常看完就出掉，所以實體書銷量通常不理想。」

小仙女推著眼鏡。

「不過真可惜，這三套書我都已經收了。像那種大出版社，這種出版超過五年的庫存書，送回去大概都是銷毀居多，真想盡量安利給多一點讀者，讓他們把書買回家啊！」

「原來人類男性之間，也能談戀愛啊……」小雅感嘆。

小仙女忽然轉過身來，握起拳頭。

「不能就這樣認輸，距離定期銷毀日還有一週，小雅，交給你一個任務。」

小仙女把包括《以愛為名》在內的整疊BL小說庫存抱起，遞到小雅手裡。

「店長說你很會推銷書。在過完農曆年之前，想辦法把這些書銷出去，價格多低都行，就是別讓它進回收場，知道了嗎？」

關於那個律師

除了整理庫存，年末鹿鳴重要的行程之一，就是拜年。

「小雅，你現在有空嗎？」

週一晌午，小雅看見大輔手上提著三個大紙袋，走進倉庫旁的辦公室裡。

「是，大輔哥，有什麼事嗎？」小雅連忙趨前。

「年關快到了，我想送點年節禮給平常關照鹿鳴的工作夥伴。」

大輔柔和地說著：「本來應該大年初一之後再處理，但很多人年關會返鄉，所以提前去拜個早年，多一點人去也比較禮貌，你可以陪我嗎？」

小雅自然沒有反對的理由。他穿上厚重的羽絨衣，坐上大輔車子的副駕，兩人一起前往市中心。

大輔說第一站是律師事務所，要拜訪鹿鳴的法務律師。

「原來鹿鳴……也有請法務嗎？」小雅問道。

「是啊，好像是小高以前認識的律師，用很低廉的價格簽約的。之前房東要漲租，就是請這位律師幫我們看合約，才好不容易談到只漲百分之一，否則鹿鳴現在早撐不下去了。」

大輔在附近停車場停好車，拿好禮品，步行到一幢高樓大廈前。

這一帶都是這種辦公大樓，中午時分，許多西裝筆挺的菁英提著公事包，穿梭在車水馬龍的街道上，讓穿著書店圍裙的大輔和小雅顯得格格不入。

大輔向一樓警衛報了身分，警衛還打了電話跟樓上確認才放行。

玻璃電梯一路攀升到四十五樓，兩人剛走出電梯門，就看到門口那個醒目的「聿誠聯合事務所」燙金招牌，而且有人已等在門口。

「歡迎歡迎，是高店長吧？」

那是個看上去四十多歲的中年男子，雖說是中年，但男子和小雅平常看到，來書店打發時間的凸肚老爹們大不相同。

男子面容整齊，留著鬢邊剃高的短髮，西裝是深藍色的，袖口鑲著水晶袖扣，整個人走低調雅痞風，唇邊蓄著一些鬍碴，五官輪廓很深，感覺有點外國血統，小雅還是第一次看到這麼有型的中年人類。

而更引人注目的是，中年男子手上拄著一根拐杖，小雅發現他左腳不良於行，卻不知是受傷還是天生的。

「聿律師！」大輔忙鞠了躬，小雅也連忙跟進。

「不好意思，你這麼忙，還麻煩你到門口接我們。」大輔說著社交的客套話。

「喔，還好啦！其實我下星期就要回美國看我媽，現在庭期都排開了。不過就算不是要出國，平常也沒這麼忙啦，反正我現在有受僱可以操……」

中年男子慣性碎碎唸著，他替兩人開了事務所的門，把禮品交給櫃檯的行政祕書。

「所以召南還是失蹤狀態嗎？」聿律師問大輔。

大輔覺得現狀有點難解釋，只得故左右而言他：「不過房租問題已經解決了，很感謝聿律師上回的幫忙。」

「哎，叫我聿律就可以了，以前召南還都叫我『掰咖』呢，不過我會回叫他『智障』就是了，他以前一次都沒來給我拜過年，也沒送過我禮物。」

聿律又碎唸起來：「上次他用電量過大走火，被以失火罪抓到警局，還半夜 Call 我要我去救他，說好要請我吃頓飯，後來只用 FoodPanda 叫了一杯多多綠給我，雖然我是很愛喝多多綠沒錯啦！但好歹他也順便請我的助理啊……」

「聿、聿律師和高知彰是怎麼認識的啊？」

大輔忙插口，否則小雅覺得這人應該會碎唸到明天早上。

「喔，這個啊。說來話長，我男朋友很喜歡看小說，但有本小說一直找不到實體書，我就上網替他徵求。召南當時私訊給我，說他那邊有庫存，但前提是我男友要通過他的面試，他就願意免費讓給他。」

聿律邊領著大輔一行人進會議室邊說著。

「後來書是順利給了，因為這個契機，我們也慢慢熟識起來。應該說我跟他本質上有點相似吧？不過我沒他這麼隨便就是了，唔，不過這也很難說，要看是哪一方面……」

小雅打斷了大叔的叨絮：「那個，請問……」

聿律這才才注意到小雅的存在，反問：「嗯？」

「您剛剛說『男朋友』，請問，您現在是在和男人談戀愛嗎？」

大輔其實剛才也心驚了一下，但他是有常識的社會人，知道這時候不便問出口，沒想到小雅竟然代他破哏了。

「喔，是啊，我是同性戀，還是個掰咖的同性戀，我男友小我八歲，很糟吧？」

好在聿律十分豁達。

小雅眨著眼睛，又問：「所以男人和男人談戀愛，在人類裡面，是這麼普遍的事嗎？」

「人類？」聿律怔了下。「唔，說普遍也不見得那麼普遍，算是少數吧！不過現在男人和男人也可以結婚了，雖然我沒要結就是了，哈哈哈……」

「你沒要結什麼？」

會議室門口傳來一個清泠的男聲，小雅看本來還翹著一隻腳，懶洋洋的聿律師忽然像被人打了腎上腺素一般直立起來。

聿律和大輔都看向會議室外，卻見那裡不知何時站了個漂亮的青年。

之所以會用「漂亮」形容，是因為小雅還沒看過五官如此精緻的男人。不只是外貌，青年的氣質出眾，屬於光站在路邊就很難忽略的類型。

他戴著細黑框眼鏡，但全然遮擋不了青年凜冽的目光，他的目光所向就是這位聿律師。

「紀、紀嵐，你怎麼會來？」聿律師從桌邊站起來，連聲線都飄移了。

「我拜訪客戶，剛好經過這附近，就請司機暫停，想說上來探望你一下，順便把你喜歡的冰淇淋銅鑼燒帶來給你。」

青年亮了下手裡的伴手禮紙袋說：「你剛才說沒要結什麼？婚嗎？」

青年的語氣溫和而有禮，但包括大輔在內，會議室裡所有人都覺得有鋒面降臨。

「親愛的小聿，你應該沒有忘記你一個月前的今天剛答應我的求婚，而我們這週末要去試婚禮西裝這件事吧？」

小雅覺得聿律師全身的毛都矗直起來了。

「不，我沒忘，怎麼會忘、怎麼能忘！我剛才說的……是結紮，對，我說我要結紮。不，我沒有要結紮，哈哈哈，對吧，高店長？」

聿律師對高大輔投以求救的眼神，高大輔也是個常識人，基於求生保命的本能，忙跟著點頭如搗蒜。

「啊，您就是律師先生說的，那個很喜歡小說的男朋友嗎？」

小雅像是完全不受氛圍影響，他站到青年面前，從背包裡拿了那本《以愛為名》一到三集出來。

「這是我們書店裡的庫存書，如果在年底之前賣不掉，就要被銷毀了。我吃過……看過這本書，真的是本好書，內容也和律師有關，如果方便的話，可以請你買一本嗎？」

大輔剛想阻止小雅的推銷行為，就看見青年推了下眼鏡。

「哦，這本書我看過，確實是本優秀的著作，不論是法庭辯論還是感情戲都有可看之處，書中對於無罪推定、民粹的論述更是鞭辟入裡，後來作者還自行上架出版了電子書，彌補本篇中略顯遺憾的感情線，可謂十分有誠意。」

小雅眼神亮起來說：「那你願意買下這本書嗎？」

青年在西裝外套裡摸索一陣，掏出像是支票簿之類的物品，在上頭簡單簽了名。

「你在上面隨便填喜歡的金額，什麼時候兌現都行，書就打包寄到這個地址，庫存有幾本我就收幾本。」

他把一張名片連同支票遞到小雅手裡，小雅慌忙接下，看見上頭用燙金字體寫著：「紀氏建設股份有限公司總部　祕書室室長　紀嵐」。

大輔在一旁聽得呆了，倒是小雅反應很快，立即朝著青年鞠躬。

「謝謝你！紀嵐先生、聿律先生，祝你們新年快樂、百年好合！」

關於那個時尚設計師

從律師事務所離開時，小雅心中還滿溢著幸福的情緒。

雖然那位大方的祕書室長後來用禮貌的態度請他們離開後，會議室裡傳來疑似韋大律師的求饒聲，然後就是一連串意義不明的喘息聲、肉搏聲，還有液體濺射的聲響……但這就不是書店店員和員工能管的閒事了。

「接下來要去哪裡呢？」小雅提著剩下兩袋禮品問。

「要去一家成衣販售店，叫 Gabrielle，就在兩條街外的商店區。」

大輔對著清單，指著兩人身上的墨綠色圍裙。

「那裡的副店長是我們書店的常客，鹿鳴原本並沒有制服，那位副店長就說他們店內目前在推自創品牌，問我們書店願不願意由他們製作圍裙，順道替他們推廣新品牌。」

小雅問：「所以副店長是設計師嗎？」

大輔說：「那倒不是，依蘇副店長的說法，他是請和店裡有合作的一位越南籍設計師設計的，但我沒有見過那位設計師就是了。」

兩人相偕來到Gabrielle的店門口。小雅是第一次到這種精品店，他站在閃爍的金色霓紅前，被店裡金光閃閃、瑞氣千條的氛圍所震懾。

他們身後有台黑頭車停下來，一個裹著毛皮、踏著高根長靴的女性步下房車，被西裝筆挺的銷售人員接引進店，周圍也都是相類的名媛紳士。

「您好，請問您們要找什麼嗎？」一個磁性好聽的嗓音在兩人身後響起。

小雅回頭一看，他們身後站著個身著深色西裝，看上去三十出頭的青年男子。他挑染著褐色短髮，髮型時髦，西裝袖口還有水晶袖扣，左耳上則戴著單邊幾何圖案的耳環，脖子上也掛著同款項鍊。

但首飾並未奪去青年的風采，和剛才那位祕書室長不同，青年長相陰柔一些，有點雌雄莫辨，小雅覺得他穿裙裝應該也很合適。

「您好，我是鹿鳴書店的店長高大輔。」

大輔趨前，從懷中拿了名片出來，遞到那位耳環美人手裡。

「我們要找蘇梁蘇副店長，跟他約了下午三點碰面，不知道他人在辦公室裡嗎？」

青年臉上略顯訝異地說：「書店？蘇梁有逛書店的習慣啊？」

小雅聽青年的語氣，感覺跟那位叫蘇梁的人相當熟識。青年很快又咳了聲。

「啊，失禮了，我先自我介紹一下，我叫鄭亞涵，是Gabrielle的行銷部資深經理兼品牌促進部創意總監。」

美青年雙手遞出名片，大輔也恭敬地接下。

「蘇粱他一早就出差去了，去參加合作廠商的品牌發表會，之後恐怕是留下來飯局。不過他一向很守時，三點前應該就會回來了，你們要不要先上來貴賓室等一下？」

小雅跟在美青年身後，走進華麗絢爛的門廊大廳。入眼淨是各種品牌專櫃，每個專櫃前都有個鄭經理一般西裝筆挺的櫃哥或是笑容甜美的櫃姊。

「都是俊男美女呢……」小雅聽見大輔在一旁感嘆。

鹿鳴書店的滯銷書裡，也有不少談時尚潮流或是服飾發展史的。但實際置身這種紙醉金迷的時尚業界，又是另一回事，小雅眼花繚亂之餘，也想起了小仙女交待的任務。

「蘇粱很常去逛書店嗎？」

鄭經理替兩人倒了茶，坐在貴賓室柔軟的單人絲絨沙發上。

「嗯，他是我們書店的常客，也承蒙他照顧了。」大輔說。

「他……大都看些什麼書啊？小說嗎？」鄭經理興致勃勃地問。

大輔思索了下。

「都有，有專業書籍，比如時尚雜誌或是品牌專刊，但也會看一些閒書。」

大輔思索著說：「我記得蘇副店長特別喜歡古代歷史小說，後宮鬥爭或是兩軍交戰的那種，有時候他工作忙，也會打電話直接跟我們訂書，一次都是訂個十幾二十本，坦白說，幫了我們大忙呢！」

「宮鬥啊……」鄭經理感嘆著。

「鄭經理和蘇副店長……認識很久了嗎？」大輔試探著問。

「嗯，算上去十五年應該有了。」鄭經理不知為何嘆了口氣。「但即使認識他這麼多年，蘇梁大大……副店長還是有我不了解的地方，像我就不知道他除了甜食，居然還有看書這種嗜好。」

鄭經理話音剛落，就聽見貴賓室門口傳來低沉陰鬱的嗓音。

「我也不知道你什麼時候有探人隱私的嗜好了，鄭亞涵。」

小雅看鄭經理立即起立站好，跟剛才聿律師一樣，但若說聿律師是老鼠遇到貓，鄭經理比較像兒子遇到老媽。

「蘇、蘇梁，你回來啦！」

「高店長，不好意思讓你久等了，路上塞車，拖到一些時間。」

來人直接略過鄭經理，和大輔握了手。

小雅目不轉睛地看著眼前的男人。若說鄭經理是充滿後現代感的美人，眼前的男子就是古典文青帥哥，他鼻梁上架著黑色細框眼鏡，這一點也掩蓋不了男子由內至外的冷冽氣質。

「哪裡，我也是剛到。鄭經理很親切，陪我聊了很多。」

大輔客套地說著。小雅往牆上的鐘看了眼，正好是三點鐘，一秒鐘也沒多。

「去年一年多虧蘇副店長的關照，這是一點小心意，新年快樂。」

大輔從小雅手中接過賀年禮，遞到蘇梁手裡。小雅看那個鄭經理一面偷瞄蘇梁，一面偷偷挪動腳步想溜。

但蘇梁目不斜視地開口：「鄭亞涵，你先不許走，我要跟你談一下N／A新春新品的事還有設計師本人的問題，需要你這個品牌促進部創意總監在場。」

鄭經理唯唯諾諾地「喔」了聲，蘇梁才轉回頭來。

「高店長客氣了，我前幾天剛想打電話訂司馬遼太郎的新作，結果工作一忙就忘了，過一會兒我把書單用LINE傳過去，再麻煩店長多費心了。」

大輔忙起身說：「謝謝惠顧。」小雅這時走近蘇副店長。

「那個……請問，你喜歡看時尚類的小說嗎？」小雅問。

蘇梁推了下眼鏡說：「你是指？」

小雅忙從背包裡拿出田心蓓交託的那本《最時尚的愛情》上下集。

「這本書如果這週再賣不出去，就要被銷毀了，內容跟時尚業也有關，副店長要不要買一本回家試試看？」

蘇梁湊近看了眼，隨即面露訝色。

「這本書我讀過，是很好看的小說，從設計師、精品店店長和櫃哥三個不同的角度切入時尚業，描寫三人之間的情愛糾葛，手法細膩且一波三折，讓人心情像坐雲霄飛車一樣，看到最後會很希望乾脆三人行算了。」

他聳肩說：「這本書竟然會滯銷？看來書店業跟時尚業一樣，也不好做啊！」

小雅忙說：「那副店長……」

「但這本書我已經有了，我最近要和兒子搬新家，也不適合亂花錢。」

蘇梁的話讓小雅一下子洩了氣，但蘇梁往貴賓室門口瞥了一眼，唇角微微一揚。

「我是買不起，但那裡有個絕對買得起的人。」

貴賓室的門被人打開了，鄭經理先蘇梁迎向門口。

「Nick！你怎麼會這時候來？」

門口傳來爽朗低沉的男性笑聲：「還不是你們家副店長，對我的新春新品設計挑了一堆毛病，改到我頭都昏了。LINE上說不清楚，剛好晚上去巴塞隆納的班機取消了，有個空檔，就想說乾脆衝過來當面講。」

卻見一名男性大步走進貴賓室，態度自若，彷彿這是自己家裡。

大輔將近一百八，但這男人還高出大輔一個頭。他穿著浮誇的花色襯衫，領口開到第四顆釦子，露出分明的肌肉線條，五官輪廓深邃，屬於歐美夏季月曆常見的海灘模特兒類型。

海灘男模低頭看著美人經理，伸手撥了下他左耳耳環。

「再說，我也有點想你，都三天沒見了，Albert。」他柔聲。

蘇梁立即反擊：「你好意思說我挑毛病，跟你說了很多次了，這是亞州人的農曆新年，要你做些配合亞洲年味的設計，你的設計活像從馬雅文化出土的文物。范至剛，我看你的設計師神經是老化鬆弛了吧？」

大輔噤若寒蟬，在場的鄭經理卻神色自若，彷彿很習慣兩人這種相處模式。

「火氣別那麼大，Sui，我順道帶了星野的奶凍捲，這季新出的芋泥口味，待會兒泡個茶來配如何？」男人晃了晃手上的紙盒。

蘇梁一臉不屑，但還是乖乖接下了紙盒。

「甜點就算了，這位是很照顧我的書店店長，你這爆發戶如果閒錢夠多，就替他們的好書買個單，就當是賠償我看你設計圖的精神損害。」

他指著小雅手上的書，卻見那位叫 Nick 的男人二話不說，從懷裡掏出一張泛著金光的黑色信用卡。

「啊，我們獨立書店是小本經營，沒辦法刷卡……」大輔在一旁說。

Nick 皺了下眉頭，說：「這樣吧，你們用貨到付款的方式，把所有書都寄到我在台北的寓所來，我待會兒寫地址給你，那裡會有專人收貨，寄多少都行，我全部買單。」

他轉頭看著蘇梁說：「就當是我送你的生日禮物，你下週四十歲生日對吧，Sui？」

小雅喜出望外，忙向男人鞠躬道謝，卻見蘇梁的耳根迅速竄紅。

「不要隨便在外人面前洩露我的年齡，你是故意的對吧范至剛！」

「有什麼關係，反正外表也看不出來啊。」

「所以我說，你為什麼四十歲了還這麼沒有常識？」

「Nick、蘇梁，還有客人在，你們兩個節制一點……」

關於辣個土地公

小雅和大輔離開 Gabrielle 時已經是傍晚時分。夕陽從城市那端緩緩落下，為天邊染上淡雅的橘色，也染紅了小雅的頰。

他提著最後一袋禮品，和大輔並肩走在公園的人行道上。

「那三個人感情很好呢。」大輔感慨地說著。

「這樣叫感情好嗎？」小雅不解地問。

大輔點頭說：「以前我和小高也會這樣鬥嘴，因為信任彼此，才能像這樣肆無忌憚地講真心話吧，真令人羨慕。」

小雅望著大輔的側影，衝口而出：「我也可以和店長這樣鬥嘴喔！」

大輔怔了下，露出略帶寂寞的微笑。

他伸出手，摸了摸小雅的頭說：「謝謝你。」

小雅尾隨著大輔穿過鹿鳴附近的住宅區，穿過公園，走上通往山上的羊腸小徑。薄暮如畫、晚風如沐。

「我們要去一間土地公廟。」

大輔讀出小雅的疑問，主動解釋。

「那間土地公廟很靈驗，據聞當初鹿鳴選址時，高知彰就是去那間土地公廟請示，土地神顯靈，才選定現在鹿鳴的位置。」

大輔說著：「小高還說過，這間廟的土地神很喜歡看小說，特別喜歡ＢＬ類小說，每次都會托夢書單給他。他還說土地公眼光很好，書單上都是好作品，雖然八成是他亂掰的，不過我每年還是會請心蓓推薦一些書帶去供奉。」

說話間，兩人也走到一座稀疏的樹林裡，眼前有座都市常見的小型土地公廟。

說也奇怪，小雅一接近這地方，就覺得格外平和，彷彿有雙看不見的手，將城市的喧囂、車水馬龍梳理得寧靜致遠、淵遠流長。

大輔先從紙袋裡拿出供品，那和給律師事務所或 Gabrielle 的禮品都不同，是一整捆的書。小雅看見最上面一本封面寫著《ＡＢＯ通姦契約》，下面還有許多類似的書籍。

大輔在最上頭放上書單，這才恭敬地退後一步，和小雅各自捻了一炷香，虔誠地禱祝。

「土地公在上，保佑鹿鳴來年也能平安順利、生意興隆。這裡的每本書都是創作者費盡心血、盡心盡力製作出來的，請保佑他們都能送到讀者手裡。」

「願每一本好書都能被愛它的人們好好閱讀。」

大輔把香插進香爐，小雅聽見身後有腳步聲，回頭一看，才發現土地廟門口竟不知何時站了個人。

那是個看上去二十七八歲的男性。男人穿著白色襯衫，在一月底的冷天，那襯衫單薄得遮不住男人的身軀，但男人沒有絲毫冷的樣子，神色自如地站在那，腳上甚至穿著夾腳拖。

小雅本以為他也是香客，正想讓出位置，男人就開口了。

「今年的書好像變少了啊。」他看著供桌上的小說。

大輔愣了愣，脫口說：「嗯，最近電子書的市場擴張，很多這類型小說都以無實體的形式出版，之後實體書應該會越來越式微。」

他頓了頓，問道：「請問您是……這裡的廟公嗎？」

男人搔了搔頭說：「唔，廟公嗎？也不算啦，這裡其實也不是我的廟，是我徒弟……我朋友的，我定期會來看看他。」

小雅看見他唇邊有淡淡的鬍碴。雖然裝扮頹廢，男人的長相卻十分清秀，那雙眼像要吸進什麼般，蘊藏著深邃寧靜的光。

男人走到供桌前，忽然眼睛一亮，肆無忌憚地拿起最上頭的一本書在手中翻閱。

「喔喔！喔喔喔！是新書耶！這本《通姦契約》只有限定印調不是嗎？虧你能拿得到實體書。」

大輔被男人說得一愣一愣的。

「啊，這是小仙女……我有朋友在做同人誌，這好像是她朋友送的。」

「原來如此！這本我在網路上看的時候就很喜歡了，雖然是ABO作品，卻巧妙地融入本土元素，且內容發人深省，肉也很香，哈哈，今天晚上竟陵又要罵我看書不睡覺了。」

男人熱切地翻閱了一陣，抬頭看見大輔身邊的小雅，表情忽然有些異樣。

「你……不是這個世間之物呢。」他說。

他直起身來，那雙彷彿藏著什麼的眼眸中流轉出異樣的光華。

「原來如此，你是為了成就他的心願，才來到他身邊的吧？」

小雅發現男人竟是對著大輔說。大輔也是一頭霧水，但這男人說起話來自有一股氣場，讓人不敢任意反駁。

「那個，所以廟公先生喜歡看BL小說嗎？」

小雅想起了什麼，他在背包裡翻找了一陣，拿出那疊田心蓓交託的《秉燭夜話》全集。

「如果不嫌棄的話，這裡有一套小說，含前傳《夜間教育》總共六集，現在合買還有優惠。內容雖然是靈異相關，但不恐怖，內容是描述一位土地公和他廟裡的快樂妖神一起降妖伏魔的故事，廟公先生應該會有興趣。」

男人愣了一下，隨即叫出聲來：「喔喔！《秉燭夜話》！雖然是老作品了，但我當年很喜歡這套書說！」

他抓起最上面的第一集道：「哈哈，好懷念啊，這本書出版期程拉得很長，當年出到第四集就忽然斷尾了，我還在納悶男主角跟他爸到底融合成一體了沒啊，啊抱歉，我是不是爆雷了？」

小雅眼神放光說：「那廟公先生……」

「唔，我是很想買，但很可惜，我家裡的BL小說太多了，沒辦法再收一套了。竟陵也說不准我再堆書進來了，說都沒地方可以做……沒地方可以睡覺，再收書就要把我扔出去，很過分吧？那明明是我的廟……」

男人埋怨起來，這時廟口傳來叫喚聲。

「顒衍前輩！」

小雅和男人都回過頭，廟門口是個少年，看上去和小雅差不多年紀，長得雖沒男人這麼清秀，但有種莫名的親切感，臉上彷彿寫著「好人」二字。

「原來前輩在這裡！我找了您好久，前輩不是說好要參加這次的土地神聚會嗎？怎麼又自己跑來我的廟裡了？」

男人表情侷促道：「我不擅長那種場合，再說我都已經這年紀了，你們年輕人聊天的哏，我根本搞不懂，杵在你們之間也尷尬，你們應該也不想我這個活化石亂入吧，吉安？」

被稱為吉安的少年瞪大眼睛。

「怎麼會？小關她們超級喜歡前輩你好嗎？每次我跟她們聚會，她們都埋怨我幹嘛不帶前輩一塊兒來，我都快吃前輩的醋了，前輩你對女孩子的好感真的很沒有雷達耶……」

「因為我比較希望男孩子對我有好感啊……總之，我不擅長應付她們，抱歉。」

顒衍搔頭嘆了口氣，又問：「對了，吉安，你有錢嗎？」

吉安愣了愣，顒衍指著小雅手中那套書。

「你聽我說，這套小說超級好看的，特別是這本前傳《夜間教育》，雖然因為出版時間和本傳相隔有點久，賣得不是很好，但內容很感人，是兩位大學生跨越陰陽的友情故事，怎麼樣，要不要買一套回家？」

吉安看著顒衍熱切又口沫橫飛的模樣，和剛才聽到土地神聚會時判若兩人，禁不住退後一步。

「前、前輩都這麼說了，我上個月廟裡香油錢還有剩，就買幾套回去分給小關她們好了，感覺她們會喜歡。」吉安點頭。

小雅忙低頭致謝，顒衍還朝他眨了眨眼說：「再不賣掉，恐怕你就得把它們吃了，這麼好的書當食物吃掉很可惜啊，對嗎？」

顒衍和吉安相偕離開廟前，小雅叫住了他。

「那個……請問。」小雅說：「您剛剛說，我不是這世間之物，對嗎？」

顒衍佇足未答，小雅又問：「所以我……是怪物什麼的嗎？我為什麼會到這世上？我的存在……是被允許的嗎？」

顒衍沉默良久，半晌忽然伸出手掌，覆在小雅頭上。

「我才是不該出現在世上的人。」他語出驚人。「我是奪了別人位置、犧牲了很多人，才能像現在這樣出現在你們面前。」

吉安看了顒衍一眼，想說什麼，但終究沒出聲。

「我也曾懷疑自己，認為自己死了比活著好，因而自暴自棄。但我遇見一些人後，才慢慢理解到，一個人……一個生物存在的意義不在於他自己，而在於你身邊那些真正愛你的人。

對竟陵、對吉安、對小關、對尚……對那些在乎我的人而言，只要我曾經活過，和他們相處過、哭過、笑過，那麼我在他們心裡就是真實的，就是有意義的。」

他望向大輔，微微一笑：「至少你的存在對你身後那個人而言，一定意義非凡，難道不是嗎，小書精？」

小雅悚然一驚，還想說些什麼，土地廟門口一陣微光掠過。

他眨了眼睛，再睜開眼時，顒衍和吉安都已不見蹤影。

關於最後的庫存

結束拜年行程，小雅和大輔回到薄暮照撫下的鹿鳴。

小雅跟小仙女說了紀嵐的事，也說了蘇粱和顒衍的事，小仙女嘖嘖稱奇，直說這世上怪人真多。

但多虧這些怪人慷慨解囊，這些ＢＬ書籍總算逃過被銷毀的命運，小仙女也十分高興。

「對了，這些書，你都還沒有吃過吧？」

小仙女拿著銷售報表離開後，大輔忽然問小雅。

他把一疊書推到小雅面前，小雅愣怔了下，卻是方才賣掉的《以愛為名》、《最時尚的愛情》和《秉燭夜話》。

「我留了一套下來給你，喜歡的話就吃吃看吧！看剛才那些客人的評價，應該不算難吃吧？」大輔不確定地說。

小雅從善如流，他坐在書庫的地上，從《以愛為名》開始，把那些書一一吞吃入腹。

他吃得很慢、很仔細，大輔在一旁看著他，直到最後一頁書頁消失在小雅唇間，才開口問：「怎麼樣……？」

小雅仰起頭，像在品味什麼難以理解的黑暗料理般，凝眉沉思良久。

大輔記得吃田心蓓的作品時，小雅露出迷醉的表情，毫不保留地說了「超好吃」。而遇到書庫裡那些難以下嚥的速食書籍時，則會吞吞吐吐，一本書吃上半小時。這是大輔第一次看到小雅露出這種「難以言喻」的表情。

「……唔，很難評價。」

好半晌，小雅才說：「很複雜的滋味，不能說不好吃，但不是能夠一吃下去就馬上讓人說出『好吃！』的那種書。但是越吃到後來，越會覺得有滋味，怎麼說，總之不會後悔吃過這本書。」

他又嘆息：「希望這作者的書不要再滯銷了，這麼有意思的書，如果全進了回收場，那真的很可惜啊。」

大輔心有戚戚焉地點頭，好在後來紀嵐律師、范至剛設計師都很守信用，在大輔把庫存書寄給他們之後，還寫了信回來表達感謝之情。

而不知道是不是那位顛衍土地神顯靈，鹿鳴之後這季的銷售狀況格外好，連小仙女都看著報表直呼不可思議，感謝神明保佑。

「但是大輔先生，那些書好吃歸好吃，總覺得……有點怪怪的。」大輔聽見小雅又說。

大輔愣了一下，小雅低頭看著自己胯間，困擾地搔著頭。

「吃《以愛為名》時還沒這麼明顯，只覺得小腹熱熱的，但吃完《最時尚的愛情》後，它就自己站起來了。吃完《秉燭夜話》後症狀更嚴重，不單脹脹的，還會痛，頂端還一直流水出來，溼溼的好不舒服……」

小雅誠懇地望著一臉尷尬的大輔。

「大輔先生，怎麼會這樣呢？我是不是生病了？」

大輔看著少年一柱擎天的褲襠，在心底默默下了決定。

以後這種ＢＬ小說庫存還是直接銷毀算了！

番外篇　書中自有高知彰

高大輔與高知彰的相遇其實出於偶然。

大輔從國小就是個小小文藝青年，國中還當選過班上的國文小老師。平常什麼嗜好沒有，就是愛看書，以同齡的孩子而言，也寫得一手好文章。大輔那時最自豪的事，就是寫的文章被老師在班會裡朗讀出來，被大肆稱讚一番。

當時大輔常在國中的圖書館借書，國中的圖書館藏書有限，熱門書籍常常都得排隊。那時代也還沒有電腦，要排借書，就得填預約卡。

在預約卡上寫下想借的書名和班級姓名，圖書館的老師在前一個人還書後，就會直接通知下個人來領書，但每本書只能排一個人，以免整理紙本資料的人負擔過重。

大輔有陣子迷上村上春樹的翻譯本，雖然國文老師說以他的年紀要看還太早，但大輔就喜歡這種和同齡同學不同、高人一等的感覺。

圖書館的村上春樹都被他看得差不多了，就只差一本《世界末日與冷酷異境》，這本光是看書名就讓大輔躍躍欲試的書，他卻足足等了三個月，也等不到這本書的預約。

他覺得奇怪，去問管理書籍預約的老師。

老師拿了預約卡，搔頭說：「也真巧，每次都有人在你前面搶先填預約，但奇怪，之前這本書並沒有這麼熱門啊。」

十五歲的高大輔一臉錯愕地說：「每次都是同個人？」

老師搖頭，把預約卡秀給他看。

「都是不同人，你看，還有男有女。幾乎前個人一借出，後面就有人來填預約了。」

高大輔眉頭一皺，覺得案情並不單純。

他知道每本書的借期是一週，他算準《世界末日與冷酷異境》還書日，每節下課就衝到圖書館裡蹲點。

就這麼等到中午時分，高大輔買了福利社的肉鬆麵包配巧克力保久乳，像盯賊一樣坐在離櫃檯最近的位置，這麼一路等到下午一點，都快睡著了，櫃檯那裡終於出現一個身影。

「你好，我來幫我同學拿預約的書，村上春樹的《世界末日與冷酷異境》。」

大輔差點沒從位置上跳起來，他忙揉揉眼睛，發現櫃檯前是個身材渾圓的小胖子，看上去跟他同個年級。

他立時衝上去說：「同學，等一下！」

那小胖子回過身來，大輔見他戴著副半圓半方的老式眼鏡，頭髮油膩膩的，襯衫不知多久沒洗，東一團西一團汗漬，全身上下找不到一點清爽的地方。

大輔走近小胖子，發現對方身高竟只到他胸口，他居高臨下，勇氣也多幾分。

「這本書都是你借走的吧，高……智障？」

大輔瞄了一眼他手裡的學生證，再對照他制服胸口繡的名牌。

「知彰！你發音給我標準一點！」果然小胖子怒了。

「你借用別人的名字借書嗎？」大輔厲聲問他：「你霸占一本書三個月要幹嘛？害我都借不到。」

小胖子略顯訝異，他扶了扶眼鏡。

「喔喔！你也喜歡這本書嗎？雖然很多人推他的《挪威的森林》，其實最新的《國境之南太陽之西》還有出道作《聽風的歌》都不錯，但我覺得他最好的作品是這本《世界末日與冷酷異境》，太吸引人了！簡直像嗑了藥，看再多次也不會膩，每次看都有新境界……」

現在回想起來，三十五歲的高知彰和十五歲的高知彰，似乎也沒什麼太大區別。

總是那樣圓滾滾的，總是那樣不食人間煙火。有點卑劣、有點白目、有點熱情、有點不那麼會讀空氣、有點天馬行空、有點有趣。

而最始終如一的是高知彰的身高，以高大輔記憶所及，高知彰國三後便再也沒長高，永遠只能仰頭看他。

但不知不覺間，他們已是圖書館老師口中的『大高』和『小高』，一起在圖書館蹲點，搶著預約一本又一本看不完的好書。

高大輔從國一就知道自己的性取向，隨年齡增長，他對自己直不起來這點也早早放棄。也因此他幾乎沒有同性朋友，和女生他也處不來。在高一就身高一百八十五的高大輔眼裡，女生就是一群哈比人，自有她們的蘑菇屋群落。

這是大輔第一次和一個同性別的男性如此親近，且不用擔心被對方的男性荷爾蒙吸引，打壞感情。

大輔家也離高知彰家很近，兩人又不約而同地選了離家最近的高中，成為隔壁班同學。高中時期，大輔幾乎是一放學就和高知彰揹著書包直衝圖書館借書。

而後，夏天就找個陰涼處所，冬天便窩在體育館一角，高知彰會從書包裡倒出一堆漫畫、小說，兩個難兄難弟各據一方，邊交換著閱讀邊討論角色、劇情，往往到天黑還流連忘返。

高大輔的娘一度還以為他暈船了。

「大輔啊，學生時代交女朋友不要太認真，尤其不要影響到課業，以後就業之後機會很多的。」大輔也只能唯唯諾諾地苦笑應付過去。

且母親也沒大錯，大輔除了沒想過與老友上床外，隨著認識時間越久，高知彰也越來越像他的正牌女友。

那陣子高知彰迷上了 GalGame，特別喜歡戀愛遊戲。

高大輔對遊戲興趣不大，但高知彰卻宣稱要在現實世界做戀愛遊戲模擬。

「從現在開始，大高，你要進入想像的領域。」

高知彰做了一個「MAGIC」的手勢。

「你要想像你是班上成績最好、長相最正，同時也是最高傲、目中無人的千金大小姐。而我是班上成績最差、體育不行、長相也不怎麼樣的吊車尾，現在我們兩個要談戀愛。」

「這種女生會喜歡上這種男生嗎……？」

「你不要管，只管想像就對了。我會逐一跟你模擬各種狀況，再根據你的感覺記錄不同的好感度，找到一條最佳攻略路徑。」

高知彰果真設定了各種各樣的情境。比如在圖書館，高知彰要他假裝踮腳去拿高處的書，在差點被掉下來的書砸頭之際，由高知彰從背後救了他，替他拿下夢寐以求的書籍。

高知彰還設定了三句不同的經典對白：

A：「小心一點，不要摔著了。」

B：「這麼矮還想拿高處的書，你是笨蛋嗎？」

C：「……沒事吧？」

但實行起來很快便遇到困難，因為大輔實在太高了，一伸手就能拿到最高處的書，根本不存在什麼需要人幫忙的餘地。

雖然最後高知彰還是勉強靠著高腳椅完成上述的情境模擬，但高大輔面對矮他三顆頭的「男友」，不論怎樣都只有想笑的感覺，也因此這實驗功敗垂成。

高知彰不死心，那陣子他拉著大輔，去了各種各樣情侶約會的知名景點。像是王道的咖啡廳、甜點店，一起逛動物園，一起去看展覽、看電影，也一起去了劍湖山世界、九族文化村等等主題遊樂園，坐了經典遊具摩天輪，在鬼屋裡手牽手給鬼追。

雖然為每句對白想評語很令大輔苦惱，但也讓大輔有生以來第一次，有了真的和什麼人締結了親密關係的錯覺。

有天高知彰說，想模擬「剛交往情侶」的情境。

「你邀請我進你的閨房，你身為大小姐，是第一次讓男人進房間，而我也是第一次進女孩子的閨房，我們都很緊張。」

高知彰還真去了大輔老家，兩個大男孩手拉著手，趁著大輔娘出門買菜，擠在大輔狹小的單人床上。

「你端茶給我，我們彼此都很緊張，結果你的茶就灑了我一身。」

高知彰引導著大輔想像情境，身體也離他越來越近。

「你急著要替我擦乾，我們越靠越近，最後一不小心嘴唇就碰在一起。接下來我的對白是：『A：對、對不起，我不是故意的。B：感覺如何？C：要不要再來一次……』」

高知彰說到一半，大輔便忽然伸出手來，推開了壓在他身上的好友。

「怎麼了？」高知彰一臉不明所以，但大輔沒有回話，他耳根略紅，默默地拉妥身上的制服。

「抱歉，我身體有點不舒服，今天還是先不要模擬了吧？」大輔低著頭說。

他無法向高知彰明說，他在這種明知是玩鬧，對方又是高知彰的前提下，對著同性好友起了不該起的反應。

好在那之後，高知彰也彷彿明白了什麼，不再找他做這種戀愛模擬遊戲了。

大輔高三那年，網路小說異軍突起。玄幻小說、奇幻故事、戀愛故事甚至兩個男的談戀愛的BL題材，藉著網路的普及和匿名性，如雨後春筍般在網路世界中百家爭鳴。

身為文藝覺青，大輔和高知彰也搭上了這班網路寫手列車。大輔用了筆名「大斧」，在網路上發表文藝小說。

高知彰則用了「召南」這個筆名。他熱衷於評論文章，自稱伯樂，在網路上到處找尋有潛力的創作者。

高中畢業後，高知彰考上了台北名校的外文系，而大輔選了南部的大學，兩人物理上分隔兩地。

但網路和新興的通訊軟體連結了他們，大輔的MSN不分晝夜，都是高知彰狂熱的「登登登」聲。

兩人依然維持著友情，這是大輔最慶幸的一件事。大輔常把自己的作品傳給高知彰看，高知彰也會推薦他覺得有趣的作品給大輔。

兩人經常熬夜聊MSN，聊到大輔的撥接網路流量到頂了都停不下來。

召南：這部《阿里不達年代記》跟《風月大陸》一樣都超正點的，那種從文字就彷彿能觸摸到歐派的香豔感，以前的紙本書根本不能比啊！

大斧：但我比較喜歡《第一次的親密接觸》這種的……

召南：不不，這你就不懂了，大高。

召南：網路文學的特色就在於潛在讀者群多，作者在連載途中也可以得到一定程度的支持甚至金錢，因此能成就大架構的作品，像是《英雄志》、《月落》、《飄緲之旅》這種的。

召南：你等著看，大輔，以後通俗文學絕對會在網路上大放異彩，傳統的文學型態將被顛覆，就像許多戴著面具的高手走進豪華絢爛的晚會一般。

大斧：是……這樣嗎？

召南：你也要加油啊，大高。

大斧：？

召南：寫作啊！你之前不是有給我看你的創作嗎？

召南：雖然還不成熟，但你是有潛力的人，我一眼就看出來了。

大斧：哈哈，我只是寫著玩的，沒那麼誇張吧。

召南：這樣吧，大高，我們來做個約定。

大輔看著MSN上閃爍的字樣，彷彿看見自己置身於圖書館的書海裡，站在浩瀚的書叢前，努力伸長了手，想要觸碰放得最高、最神聖的那本書。

而正當那些書要落下來，砸在平庸的他身上，將他砸得狗血淋頭之際，有隻手突然從他背後伸出來，替他截住險些落地的夢想。

「來，大高，這是屬於你的書。」

那人漾著圓潤的笑臉，挺直只到他胸口的五短身材，把書慎重地遞進他手裡，說出了那一生一世的約定。

「等你成為作家，就讓我當你第一個責任編輯吧！高大輔老師。」

番外篇　穿書大作戰

鹿鳴的某個午後，小雅從滿是塵灰的書庫走上來。

「大輔哥，我在整理書庫時發現這個東西，這是什麼呢？」

大輔正在上架剛到貨的新書，聞言回過頭來。

「啊，這東西是……」

他望向小雅手裡的木盒子，盒子外觀平凡無奇，上頭還有刮痕，盒蓋下有個鎖頭，金屬也生著鏽，看來年代久遠。

大輔從拿書椅上下來，坐在階梯上把玩著盒子。

「這是我爸留給我的。」他用懷念的語氣說。

「大輔哥的爸爸嗎？裡面是什麼呢？」小雅好奇地問。

「我也不知道，我父親是攝影師，常會到世界各地旅行，小時候常帶回一些稀奇古怪的東西，這可能是其中之一。」

大輔說：「不過……我記得他好像說過這東西跟書有關，他知道我喜歡看書。」

「跟書有關嗎？」小雅似乎來了興致。

「嗯，但他說帶回台灣之後，這個盒子忽然就打不開了，我父親試了很多方法，都沒辦法解開鎖頭，只能放著，久了就忘了。」

小雅湊近那個木盒子，凝起眉頭說：「裡面的東西……」

「咦？你知道裡面是什麼嗎？」大輔一怔。但轉念一想，小雅是書精，如果木盒子裡的東西真的與書有關，說不定他真有辦法。

「嗯，總覺得……有種好熟悉的感覺……」

小雅眼簾微闔，神色忽然變得空靈。他伸出手，指尖碰觸到木盒的瞬間，周圍的書架忽然天搖地動，彷彿地震。

「怎麼回事？」

木盒的周圍泛起微光，和書架上的書起了共鳴般，震動片刻後，在小雅掌心「啪」地一聲打開。

「開、開了！」大輔驚叫道。

木盒光芒越來越熾，刺得兩人不得不遮擋住視線。好不容易緩和下來，大輔定睛一瞧，裡頭竟是張長型的卡紙，是米色的，上頭畫著電路板一般的幾何圖案，看上去很像人輔從前讀書時會用的書籤。

「這是、書籤……？」小雅也一怔。

〔系統提示：現在開始將玩家導入系統，系統編號：零零八五七一號；系統名稱：穿書之防止BL小說結局 BAD ENDING 大作戰。〕

耳邊響起謎樣的機械音，大輔眼前也浮出相應的文字。

他還沒反應過來，眼前的書店場景便開始扭曲變化，大輔只覺有雙看不見的大手從後將他提了起來，他還來不及叫，整個人便被扯離了書店空間。

「哇啊啊啊──！」

書店裡的書架像被拆解一般，上頭的書化作川流，不住倒退、扭曲，流淌過大輔身邊。他驚慌失措，不自覺地閉上眼睛，只覺那些書中文字化成細流，繞過他的指尖、纏住他的頭髮，最終大輔整個人也化入其中。

砰地一聲，大輔睜開了眼睛。

機械音再度響起。

〔系統提示：您已抵達第一個穿書點，請依照輔導員指示，妥善完成任務。〕

大輔往周身一看，他置身於一個像學校教室的地方，裡頭擺滿大輔許久不見的課桌椅，講台上有黑板，遠處傳來上課鐘聲。

大輔低頭一看，自己身上竟穿著男高中生制服，他都不知道畢業幾百年了。

窗玻璃上映出他的面容，五官還是他的樣子，但年齡至少減了二十歲。

「玩家高大輔，準備好要進行第一個任務了嗎？」

大輔吃了一驚，他抬頭一看，一個外觀長得像田心蓓，但只有巴掌大小的人形娃娃就懸浮在他身側，把大輔嚇了一大跳。

「心、心蓓？」

「我不是什麼心蓓，我是書籤輔導員。」

小小仙女一本正經道：「為了避免新手玩家過度恐慌，我們會盡量化成玩家熟悉的樣子，剛才是你把我喚醒的，記得嗎？」

大輔明白過來。他說：「妳是……那個書籤？」

「是的，我們的魂靈通常會寄宿在與書有關的載體裡，上一次的玩家應該是一位叫『高大助』的男性吧？他把我放進那張書籤裡頭休息。」

高大助就是大輔的親生父親。他還在雲裡霧裡，系統再度響起提示音。

〔任務關卡一：《熱血不良與冷情學霸的青春史詩》〕。

任務條件：改變原本不良（攻方）與學霸（受方）的悲劇結果（俗稱ＢＥ），讓兩人在一起（俗稱ＨＥ）。」

「這是什麼……？」大輔愣愣地看著飄浮在空中的文字。

「是我們穿越的書，系統會就近選擇離玩家最近的書籍，這本應該是原本就在你店裡的書喔！」

大輔還真想不起來自己什麼時候進了這種書，多半是真．小仙女幹的好事。

「但那個任務條件是什麼意思，要我改變這本書的結局嗎？」

「沒錯！我們『防止BL小說結局BE』是一個立意良善的系統，主神認為在現代社會中，女性生活工作兩頭燒、壓力山大，BL小說是我們唯一的救贖，兩個男人就該膩歪在一塊兒，談傻白甜的戀愛才是王道。」

大輔雖然有點不以為然，但此刻不是辯論的好時機。

「主神？什麼主神？」他問。

「就是創建這整個系統的人。說是人，其實也只是意識聚合體，我們輔導員們都稱呼祂為『讀者大大』。」

「讀者……嗎？」

「是的，對讀者大大來講，閱讀原耽的時光是她們人生中最美好的時光，可以暫時拋卻現實的黑暗，抵達充滿男性肉體的美好國度。」

小書籤陶醉似的說著，但她很快神色一變。

「但是！近來有一些BL作家，可能因為本身的任性，或是為了達成什麼狗屁悲戀藝術性，總喜歡把小說寫成ＢＥ，或標榜ＨＥ，實際上卻不是完美結局，主神相當唾棄這種行為，才立志要改變所有ＢＥ小說，拯救世上的女性讀者。」

「這樣啊……」看小書籤熱血沸騰的模樣，大輔不忍吐槽，只好問：「那我要怎麼改變結局？自己重寫一個嗎？」

「這個嘛，當然是……」

小書籤說到一半，教室的門砰一聲，竟似被什麼人踹開了。

大輔一驚，門口出現一個和他一樣穿著制服褲，上身赤裸，頭髮染金，胸口有刺青，全身上下都寫著「不良」二字的少年。

而這少年不是別人，正是失蹤已久的小雅。

「小雅？」大輔忙迎向前問：「你怎麼穿成這個樣子？」

不良少年小雅卻斜瞥了他一眼說：「你是誰？為什麼知道我的名字……？」

大輔一愣，這時耳邊又響起系統提示音。

〔系統提示：第一關卡第一轉折點開始，請妥善推進劇情。〕

〔系統提示：請注意，每一個轉折點都會影響積分，若轉折點偏差值過大，可能導致最終結局無法導正，造成任務失敗，請務必注意。〕

「他就是你的攻略對象，不良少年小雅，也是這部作品中的攻方。」

小書籤湊近茫然無措的大輔。

「你是受方，是這個學校最會念書的高材生，不良因為成績太差，老師們拿他沒辦法，就把他交給你這個高材生，這是你們兩人第一次相遇。」

「等、等一下，什麼不良少年？什麼高材生？我高中畢業已經很久了……」

「當然是書裡的劇情啊！所謂穿書，就是由玩家穿入書中角色，以書中角色視角進行活動，你都不看穿書類的小說嗎？」

大輔只依稀在小仙女呈給他的書單上看過幾本類似主題的書，但他向來搞不懂他家店員的品味，倒真的沒翻看過幾本。

「但既然是穿書，不是應該有角色名字嗎？為什麼他會叫小雅？」

大輔低頭看了眼自己制服胸口的名牌，也繡著「高大輔」。

「哎喲，讀者大大每天要看這麼多本原耽，哪記得誰叫哪個名字啊！特別是BL小說，重點又不是名字，而是攻受。系統為了避免麻煩，受方通常都用玩家本名，攻方則通常用玩家有好感對象的名字，玩家也比較有代入感。」

大輔還來不及品味輔導員話中之意，卻見不良少年小雅朝他大步走來，一把揪起他的衣領。

「你就是高大輔？那個學生會長？」小雅惡狠狠地說。

大輔端詳著小雅的五官。平常在書店裡，小雅總是對他畢恭畢敬，說話也輕聲細語。像這樣橫眉豎目的小雅，配上那頭金光燦燦的頭髮，還真有幾分新鮮，大輔禁不住笑了一聲。

〔系統提示：違規警告，角色偏離原作設定太過，將給予懲罰。〕

大輔只覺得太陽穴一痛，像有什麼人拿針戳了他一下，嚇得他原地跳起。

「怎麼回事？」他連忙問一邊的書籤。

「如果玩家都用原本的性格去操作角色，會失去原創性，這樣就算最後是ＨＥ也沒意義，所以太偏離人設的話，系統就會給予電擊懲罰。」

「電、電擊？這麼嚴重？」大輔嚇了一跳。「但我要怎麼知道角色原本的個性？」

「我會把故事傳送到你腦中，讓你『閱讀』。」小書籤說。

大輔感覺有像水流一般的物事淌進腦海，《熱血不良與冷情學霸的青春史詩》的內容如醍醐灌頂般，瞬間占據了大輔的大腦記憶體。

原來書中的學霸，也就是受方，是個雖有顯赫家世，但父母只會逼他念書，導致他從小到大交不到朋友，數次自殺未遂，連戀愛也沒談過的悲情高中生。

而攻方小雅則是個家裡有七個兄弟姊妹，爸爸被關媽媽重病，窮到不得不出來賣身賺錢的不良少年，雖然身處社會底層，但心底仍存有熱血善念。

「……那小雅呢？小雅不是玩家嗎？」大輔忽然想到。

「你在說什麼？他是你的攻略對象啊！是書裡的角色。」小書籤奇怪地問。

大輔一陣呆愣，這才驚覺小書籤沒發現小雅也在書店裡的事。

不，也有可能自始就不存在。畢竟按照高知彰的說法，小雅很可能不是界門綱目科屬種任何一種生物。

他是書裡的角色——大輔品味著小書籤的話，內心五味雜陳。

「你死心吧！我是不會留下來補習的，我晚上還有工作，跟你這種躺在冷氣房念書的少爺可不一樣。」

大輔還在整理思緒，眼前的不良少年先開口了，語氣依然凶神惡煞。

根據小書籤讓他「閱讀」的原作劇情，學霸起初非常瞧不起不良少年，因為不良在學校有賣淫的傳聞，學霸覺得不良很髒，連正眼都不願意瞧他一下，導致不良少年也對學霸產生厭惡，兩人一直互相傷害到故事結束。

最後學霸割腕自殺，不良改邪歸正，一生懷念他的老情人。

「嗚嗚嗚，這結局太令人難過了，作者怎麼可以這麼壞！明明這兩個人是相愛的！」小書籤咬著手帕。

大輔嘆了口氣，依照這本書原本的內容，學霸不但輕視不良，還講了一堆說教般的話。

最後不良也怒了，諷刺他：「不然你要試試看嗎？在男人身下呻吟，還要笑著取悅他們的感覺？」在教室裡強上了學霸。

大輔無論如何不想讓情節往那方向發展，他沉吟片刻。

「小雅，你先不要衝動。」

對方瞪了他一眼，大輔不由得一縮：「……我是來協助你的。」

不良少年小雅嗤之以鼻。

「少來，你是被老師叫來的吧？其實你連看都不想看到我，不是嗎，模範生？」

「不，我是自願的。」大輔很快答：「小雅，你的事情我都知道，但人的出身不能代表什麼，你別看我這樣，其實我每天都活得很痛苦，我割腕了三次都沒能死成，我爸看到我手流血，還說明天是期末考，要我趕快去念書。」

大輔努力「閱讀」著書中學霸的人設。

「我也沒有兄弟姊妹，沒有朋友，也沒交過女朋友，我活了三十……活了十八年，只懂得要照父母的意思過自己的人生，從沒有一天為自己活過。」

他深吸了口氣，小雅的眼神有些動搖。

「我常常想，要是我能跟你一樣，輕易地說出『喜歡』或是『討厭』就好了。對於想親近的人，可以勇敢地去親近，對於煩得不得了的傢伙，也能夠好好地拒絕對方，而不是放任對方糾纏自己……」

大輔說著說著，自己也共感起來，眼睛有些溼潤，語速也越來越快。

「我真的很羨慕你，要是我能成為像你那樣的人就好了，我經常這麼想著，我也從來沒有看不起你，真的。」

小雅被大輔說得發怔起來，開口像要說些什麼。

但此時眼前的場景竟忽然開始扭曲，大輔才眨了下眼，眼前已物換星移，到了像是體育倉庫之類的地方，方才的教室再不復見。

大輔大吃一驚說：「怎麼回事？怎麼會忽然跳到這裡？」

「喔，應該是你讓讀者大大覺得不耐煩了，把劇情快轉到下個轉折點。」

小書籤若無其事地聳肩說：「ＢＬ讀者最煩說教了，她們看書是想找樂子，不是想從中體會人生大道理，什麼心靈雞湯、性別議題、政治議題、進步思想，這種通常都會被排雷跳過。」

「……」

「但你也不用灰心，讀者大大選的通常都是書中的重要轉折點，只要能夠改變故事的重點轉折點，最終一定能導向ＨＥ的，加油！Fight！」

小書籤鼓勵他，大輔還想說些什麼，倉庫的門再度被人砰地一聲撞開，看來這部小說裡的人都不太喜歡好好開門。

大輔隱約猜到這是書中哪一段。不良因為不滿學霸多次看不起他，某次在朋友慫恿下，找了一群朋友來教訓學霸。

但不良本以為只是要打他一頓，沒想到朋友被學霸的姿色所誘，竟集體強姦了他。

事後不良又悔又急，雖然各種道歉，還是挽回不了學霸的心。

大輔看到一群染著頭髮，穿著奇裝異服，但不約而同又帥身材又好的青少年們滿臉獰笑地朝他圍過來，不由得頭皮發麻。

「你就是那個高大輔……？學生會長？」

為首是個高頭大馬，看上去像高中念了三十年的男性，他朝大輔猥瑣地笑著。

「哈哈，沒想到你還真中計了，真是書呆子啊！你以為小雅真會跟你和解嗎？別傻啦！他怎麼可能會喜歡你這種無趣的人！就讓我們來好好教教你什麼才是社會現實吧！哈哈哈哈……」

書中原本描寫學霸又震驚又傷心，想著反正他死也沒人關心，乾脆自暴自棄，任由那些8＋9把他吃乾抹淨。

大輔無論如何也不想要這種劇情發展，身為三十五歲的常識成年人，他不動聲色地挪步到體育倉庫門口，深吸口氣。

「救～命～啊～～！這裡失火了！快點來救火啊！」

8+9們都愣住了，有人還真的回頭去看是不是失火了，校舍那頭有大人往這裡張望，操場上活動的學生也有人看過來，一時場面混亂。

大輔看見有個熟悉的身影往倉庫直奔過來，正是不良少年小雅。

「高大輔！」小雅抱住了他。「高大輔！你沒事嗎？他們有沒有對你怎麼樣？」

他一邊確認大輔全身，一邊竟眼眶泛紅。

「……抱歉，我真的很抱歉！他們說要替我教訓你，我實在拉不下臉來才同意。我也氣你眼裡總是沒有我，總是不把我放在心上，明明同班這麼久，你卻連我的名字也不記得，從沒真正把我當成你的同學、朋友、夥伴……」

大輔一怔，小雅的眼睛深深凝視著他。即使知道他只是個NPC，不過是跟著劇本說台詞，內心還是忍不住動搖。

他剛想說什麼，眼前的場景卻再次扭曲變形，這回到了像機場一般的地方。

眼前的小雅依舊與他相擁著，只是面容成熟許多。兩人身上也不再穿著制服，而是頗為帥氣的西裝。

大輔知道那是這本書的最後一幕戲。原本的劇情是學霸要遠赴美國念書，而不良追到機場來，卻因種種心結沒能解開，最終只能目送學霸坐上飛機，兩人從此分道揚鑣。

小雅摟著他的腰說：「模範生，你會回來吧？你答應過我，落地後就要給我寫信。」

大輔愣怔了一下，他問一旁的小書籤：

「……這跟書裡原本寫的不一樣？」

小書籤點頭說：「應該是因為前面兩個重大轉折點改變，所以後面劇情也發生了變異，你們兩個現在是情侶了，但你要去美國這件事還是沒變就是了。」

大輔一臉懵地說：「這樣不就是HE了嗎？我應該算是完成任務了？」

〔系統提示：第一關卡最終轉折點，請妥善推進劇情。〕

〔系統提示：注意，任務尚未完成，此為最後機會。〕

大輔頭痛起來。他說：「難道沒有什麼提示嗎？」

小書籤也一臉苦惱地說：「讀者大大的心思向來難以捉摸，上次有個玩家穿進一篇無限流的小說裡，明明最後攻受都存活下來，兩人也心意相通了，但讀者大大們就是不滿意，硬是不算他們過關，最後他們在書裡困了三年。」

「三年！」

「不是真的三年啦！書中時間和現實有點不同，但如果停在某一個轉折點的話，書裡的時間就不會往前流動，體感時間就會比較長。」

「……先確認一下，我到底要穿幾本書才算是完成任務？」

「這個嘛，沒有一定耶！要看你所處的空間有多少BE小說而定。我記得之前有玩家特別喜歡BE，收集了上百本悲戀BL，讀者大大就逼她把所有結局都改回HE才放她回房間，那次好像體感時間上百年吧？」

〔系統提示：遲滯時間過久，請盡快推動書中劇情。〕

大輔看著無理取鬧的系統提示，低頭沉思良久。

「……小雅。」大輔抬起頭來。

「嗯？什麼事？大輔學長，要給我一個送別吻嗎？」

小雅一臉期盼地說著，雖然知道是書中情節，但畢竟是真人演出，大輔還是有些臉熱。為了不在同一本書中關三年，大輔得忍著羞恥推進劇情。

學霸身高在設定上比不良矮，大輔便踮起足趾，在小雅的唇邊飛快沾了下。

「那個，在我坐飛機離開之前，我想和你留下美好的回憶。雖然在機場有點困難，但我們可以找個地方，就是、那個……」

雖然鼓足了勇氣，三十五歲的大輔還是說不出那個字來。

好在小雅很快會過意來說：「大輔學長是指上床？哈哈，有什麼好不好意思的，都已經在學校做過那麼多次了，而且我們都滿十八歲了。」

他湊近大輔的耳殼，壓低聲音道：「學長不是有機場VIP會員嗎？我聽說VIP室有個人間，還可以淋浴，離起飛時間還有一個小時，還是學長覺得不夠？」

大輔耳根熱得發紅，他握住小雅勾在他腰上的手，垂下頭。

「……嗯，很夠了。」

〔系統提示：您已通過第一關卡，積分：二五〇分。〕

〔系統提示：將傳送您到下一本穿書任務中，請稍待片刻。〕

大輔渾身一震，背上又是一陣大力襲來，將他的身體扯離。

機場的景物迅速抽離，大輔身上的制服、十八歲的容顏也隨之消融。

砰地一聲，大輔睜開眼睛。

〔任務二：《武林盟主與魔教教主竟是竹馬竹馬？》

任務條件：改變原本武林盟主與魔教教主的悲劇結果（俗稱BE），讓兩人在一起（俗稱HE）。〕

「……」

大輔環顧了一下周遭，只覺這是個像洞窟一樣的所在，但光線甚暗，大輔連身上穿什麼都看不到，依稀感覺袖子很長，質地頗粗糙，像是古裝。

但他還沒能再仔細端詳，小書籤便再度出現在他眼前。

「哇，你好厲害，你怎麼讓讀者大大放你過第一關卡的？而且積分還挺不錯的，讀者大大向來很摳的，很少給到這麼高分耶！」

「那個積分有什麼用嗎？」大輔問。

「在任務進行過程中可以在商城換購物品，物品會根據書籍場景不同而有變化，像剛才的校園場景，就可以買到體育倉庫的跳箱。」

大輔納悶買跳箱要幹嘛，小書籤又說：「還有，據說全部任務結束之後，如果累積達到一萬積分，就可以兌換特別獎賞，但至今為止沒人達標過就是了。」

「什麼獎賞……？」

「不知道耶，就說了，之前沒人達標啊！」小書籤攤手說：「先別提這個了，你到底是怎麼滿足讀者大大的？快跟我說！」

大輔嘆了口氣說：「……你不覺得主神給的轉折點，都很特定嗎？」

第一個轉折點，是兩人初遇的教室，攻方不良強上受方學霸。

第二個轉折點，是受方在體育倉庫裡被攻方的不良朋友圍堵，被輪著強上。

第三個轉折點，是兩人臨別場景，原作中攻方本來是打算和受方打分手炮的。

「啊，都是有打炮的場景？」小書籤直白地問。

大輔臉上一紅，說：「嗯，我想讀者之所以想改變結局，不單是厭惡BE而已，或許她們真正不爽的，是因為如果BE，就看不到……」

大輔話還沒說完，只聽「轟」的一聲，大輔所在的洞窟石壁忽然開了個大洞，眼前飛沙走石，嗆得大輔不得不伏地嗆咳。

「咳、咳，怎……怎麼了……」

小書籤連忙躲到大輔身後，洞窟外陽光透了進來，有個人逆光站在洞口。

他身材高大、身材姣好，穿著全黑的，宛如布袋戲裡才有的織紋長袍，長髮一部分盤在頭上，一部分散在肩頭。

大輔不用多確認，根據小書籤讓他「閱讀」的書本內容，這人就是第二關卡的攻方，魔教教主小雅。

《武林盟主與魔教教主竟是竹馬竹馬？》是部古風武俠BL小說，受方是武林盟主，和攻方小雅一起在戰火中失去父母，被同一個師傅「獨孤怪人」收養習武，因此產生了深厚的情誼。

某日，前魔教教主率眾突襲獨孤峰，殺害了獨孤怪人，並擄走攻方小雅，本來是想折磨一番，但後來看上攻方的聰明才智和武學根骨，不但沒有殺害他，還將攻方收為徒弟，嚴加調教。

受方則被獨孤怪人的武林舊友收養，他和攻方一樣都是武學奇才，同樣練就一身武藝。

後來攻方繼承魔教教主大位；受方則繼承了武林盟主的職責，竹馬久別重逢，卻已成了不共戴天的仇敵。

武林正道為了徹底殲滅魔教，相約進攻魔教總壇，攻受相愛相殺。一場大戰後，正道落敗，受方被攻方一劍刺中心臟，墜落懸崖。

眾人都以為武林盟主活不了了，但其實教主下手時刻意手下留情，盟主並未受到致命傷，而是找了個隱密洞窟躲起來養傷。

故事原本的發展，是教主終於找到躲藏的盟主，要求盟主和他一起逃到天涯海角過兩人世界，不問世事。

但盟主是個死心眼的人，無法拋下身上背負的責任，便拒絕了教主。

教主黯然回到魔教總壇，自此憂急交劇，某次修練時走火入魔，瀕臨死亡。

盟主聞訊後心神俱裂，終於拋下一切，浴血衝進魔教總壇，在趕來救援的雙方人馬圍觀下，從崖上雙雙墜落身亡，是個妥妥實實的ＢＥ故事。

「……這不是已經快到後三分之一的劇情了嗎？轉折點設在這麼後面，還來得及改變結局嗎？」

大輔傻眼地問，小書籤攤手。

「我也不知道讀者大大的想法，不過這本書好像是在某個不能寫肉的網站上連載，前面都是清水，一直寫到這邊，因為教主想為盟主療傷，兩人才終於有比較親密的接觸，但聽說出書時又被刪了，讀者大大很不滿。」

大輔再度無言，這時洞窟口的小雅開口了：「大輔師兄，你果然在這裡……」

小雅一副快虛脫的模樣。大輔這才看清他滿身髒汙、鬢邊散亂，眼神都有些渙散。

他不自覺地往後退了一步，但只這樣輕輕一動，胸口就像被人擊中般劇痛。

雖是穿書，感受卻十分真實，大輔頓時冷汗直流地道：「嗚……」

小雅見狀立即衝了過來，強勢地抓住他的肩說：「師兄還好嗎？真是的，師兄為什麼不待在崖下就好，就說了只是做樣子，我很快就會去尋你……你為什麼不聽我的話？」

他用掌心撫著大輔的背，替他順氣。雖說是第二次經歷了，但和酷似小雅的人這樣肌膚之親，還是讓大輔臉熱了一下。

他看著眉目如生的小雅，忽然湧起強烈的思念。

雖然穿書的體感時間還不到一日，大輔已經懷念起他的鹿鳴書店，還有他可愛的員工們來了。

「對不起，我沒控制好力道，我不知道你有痼疾，看到你吐血時，我簡直快嚇傻了，你放心，師兄，我這就來給你渡氣，有我在，你一定能恢復如初的！」

原作中的盟主不領教主的情，教主一直想替盟主療傷，盟主卻拿正道死去的弟兄指責教主。

最後教主不耐煩了，也寒心自己一片赤誠，而盟主只在意別的男人，扒光了盟主的衣服，把人這樣那樣了一頓，造成盟主傷勢加劇，也奠定了BE的結局。

「輔導員，你說積分可以在系統商城裡買東西，現在可以買嗎？」

大輔試著詢問小書籤。系統中輔導員和玩家的溝通是以心電感應為之，因此書中角色都不會發現。

小書籤一愣，說：「可以啊，但你要買什麼？」

「我……想買『那個東西』。」大輔湊近小書籤耳際問：「有嗎……？」

「有是有，但你怎麼會知道商城有這個東西啊？」小書籤驚訝地問。

「……總覺得這種背景下，就應該會有那個東西。」

「那個東西」需求兩百點積分，雖然覺得有點浪費，但大輔也想不出其他更好的方法。

輔導員很快兌換了商品，大輔看著手裡來路不明的小瓷瓶，以及用毛筆字寫著「春藥」的標籤，把心一橫，打開瓶蓋一口飲了下去。

不愧是十大兵器之首，春藥一下肚，大輔頓覺渾身痠軟。他本來傷重，一下子跪倒在石壁旁，頰色緋紅、眼角如潮，鎖骨上全是汗津，胸口劇烈起伏著。

「師兄……？」小雅很快注意到大輔的異狀，一下子慌了。「怎麼了師兄？是傷勢又加重了嗎？我這邊有帶傷藥……」

但他說到一半便停了下來，只因他看見大輔藏在襯衣下襬間的那處，明顯地高高隆起。

「師兄，你……」

大輔就被他攙扶著的姿勢，反身摟住他的脖頸。

「我好像……吃錯藥了。」大輔忍耐著羞恥，把台詞形諸於口。「我身體好熱、好難受……小雅，幫我……」

大輔的唇將觸及小雅的唇瓣時，眼前的場景再次發生扭曲。

洞窟隱去，取而代之的是像擂台一樣的地方。

【系統提示：關卡第二轉折點，請妥善推進劇情，勿拖泥帶水。】

大輔看著越來越直白的系統提示，一回生、二回熟，這次他也不驚慌了，冷靜地正視擂台對面的人。

對面的人正是小雅，比起在洞窟時變得體面不少，一樣穿著代表魔教的黑色鑲金長袍，頭髮散束在腦後，隨風獵獵翻飛。

而大輔與他相反，他穿著全白的鑲金武服，頭上戴著冠帽，手上拿著金光閃閃的長劍。

兩人一黑一白，在月光下形成鮮明的對比。

而兩人的身後站著大批武林人士，一邊是黑壓壓的魔教教徒，另一邊是白花花的正道人士，雙方劍拔弩張、一觸即發。

「魔教淫亂賊子！今天就是你們的死期！」大輔背後有人大吼。

「裝模作樣的偽君子！今天要讓你們血濺這座山頭！」小雅背後也有人嗆聲。

小書籤偷偷附到大輔耳邊說：「關卡推進得這麼快呢！看來上一個轉折點，讀者大大很滿意，所以才會這麼快就讓你接近結局。」

大輔知道這個場景，是《武林盟主與魔教教主竟是竹馬竹馬？》最後一幕大戲。

原本的劇情，是魔教有個弟子綁架並姦殺了盟主麾下的一位美貌女弟子，而這個人好死不死是教主的親傳徒弟，這下群情激憤，新仇舊恨搭在一起的結果，引發了正邪兩方的世紀大戰。

盟主對先前在洞窟遭辱一事耿耿於懷。雖然知道魔教弟子是被人陷害，但為了讓教主難堪，他沒把實情說出來，還利用群眾的憤怒逼迫教主跟他單挑。

教主對盟主心懷愧疚，關鍵時刻手下留情，沒想到反被盟主重傷。教主也才會因此怒急攻心，閉關療傷時走火入魔，一路往悲劇的大道奔去。

大輔看著眼前長髮翻飛的小雅，不得不說這系統至少美工做得很不錯，古裝把小雅的眉目襯托得更為英朗，看得大輔一時移不開目光。

真想趕快回到鹿鳴啊，大輔想著。

「大輔師兄，你聽我說，事情真的不是這樣！殺害你那個女弟子的其實是她師兄，是他喜歡你徒弟，逼姦不遂後痛下殺手，才嫁禍給高知彰的！」

小雅先開了口，語氣焦急。

「我徒弟高知彰平常雖然宅了點、人猥瑣了些，但他什麼壞事也沒有做！師兄，你要相信我，要是知道我弟子對你的人圖謀不軌，我親手閹了他都來不及，哪還容得他活著？」

大輔思索片刻，他抓住小雅的肩，在眾目睽睽下，低頭吻了他的額角。

「我喜歡你，魔教教主小雅。」大輔把心一橫。「請你跟我在一起。」

小雅固然是懵在當場，而身後一大堆正道教徒、魔教徒子徒孫先是呆若木雞，接著便像炸開的鍋一樣翻了起來。

「盟主！你在說什麼！怎麼可以愛上這種魔教小賊！」

「教主！你不要聽他的！那個偽君子只是在動搖你而已，別被他騙了！」

〔**系統提示：此為關卡最後轉折點，請妥善推進劇情。幹得好，請繼續！**〕

大輔鬆了口氣，看來他應該是賭對了。

只見小雅眼瞳震動，似是被自己的告白話語徹底動搖。

「大輔……師兄，你說的、是真的嗎？」小雅嗓音顫抖。「這麼多年你都對我不涼不熱的，我越熱情，你就越冷淡，我所有的關心，都被師兄當成圖謀不軌，我的告白，也被師兄當成權謀算計，我還以為、我還以為師兄對我……」

大輔做了個「STOP」的手勢，小雅一愣，大輔壓低聲音說：「這附近有地方可以讓我們兩個獨處嗎？」

小雅愣住了。

「呃？師兄是指……」

「有嗎？」大輔又問了一次。

「……這附近山腳有個洞窟，是我平常閉關修練的地方。」

「好，就去那裡。」大輔毅然決然地說：「我們已經錯過這麼多年了，我一秒鐘都不想多浪費。」

他牽起小雅的手，小雅似乎也會意過來，和大輔相視一笑。兩人就這麼手牽著手，在眾人圍觀下雙雙奔向懸崖，自上一躍而下……

〔系統提示：您已通過第二關卡，累計積分：三七一分。〕

〔系統提示：將傳送您到下一本穿書任務中，請稍待片刻。〕

兩人雙雙躍下的同時，場景如大輔預測的再次物換星移，大輔這回還能冷靜地欣賞轉換時的各種效果。

砰地一聲，大輔睜開眼睛。

〔任務三：《星際之身為人魚奴隸卻懷了帝國王儲的孩子》。

任務條件：改變原本帝國王儲與人魚奴隸的悲劇結果（俗稱BE），讓兩人在一起

（俗稱HE）。」

「哇，又是高分，你真的完全掌握了讀者大大的胃口，我好久沒有看到一次給一百分以上的高分了！」場景一轉換，小書籤立馬現身稱讚大輔。

「我只是抓到了訣竅而已。」大輔禁不住嘆了口氣。

他環顧四周，發現這回竟身處牢房之類的地方。

周圍傳來輕微的，仿如引擎運作一般的聲響，感覺是在某種交通工具上。

但窗外流瀉而過的竟非雲朵，而是天文節目上才會看見的宇宙銀河。

宇宙飛船的窗戶上映照出大輔現今的模樣：手腳都上了鐐銬，肌膚上有著尋常人類不會有的，魚鱗一般的紋路，泛著阿凡達電影裡的藍光，頭髮也是海藍色的。大輔還瞥見背上長了魚鰭，已然被撕裂一角，殘破不堪。

重點是，大輔之所以看得見自己背上的魚鰭，是因為他現在一絲不掛。

【系統提示：關卡第一轉折點開始，請妥善推進劇情。】

【系統提示：因為玩家表現良好，故將轉折點往後移動，請繼續加油。】

這次的故事是星際異種背景，大輔是人魚王國的年輕國王。

人魚王國被帝國軍打敗，身為人魚國王的大輔為救臣民，自願成為帝國的階下囚，被屈辱地俘虜到帝國王船內。

人魚王室雖然體弱，但代代有操控人心的能力，相傳和人魚王室生下小孩，後代也會繼承這樣的能力。

這件事被地位不穩的帝國王儲，也就是本作的攻方覬覦，為此他強占了人魚國王，千方百計想讓他懷上自己的孩子。

「等等，為什麼人魚王子可以生小孩？他不是男的嗎？」大輔問。

「當然可以啊！你沒看過ＡＢＯ嗎？男人可以生小孩這種事，在ＢＬ小說裡早就是常識了。」

「……」

大輔正在檢討自己和鹿鳴選書脫節時，電子門外就傳來呼聲。

「王儲殿下駕到——！」

電子門滑開，門口站著一位金髮藍眸，但五官和小雅一模一樣的美男子。他穿著合身的，彷彿中古騎士電影裡才會出現的鎧甲披肩、合身的馬褲長靴，腰間還配著無鋒的劍托，仿如星際大戰裡的光劍。

王儲手上還有個電子手環，泛著頗具科幻感的銀色流光。

大輔看小雅走到他身前，居高臨下，用複雜的神情俯視著他。

就算知道是在書裡，這樣坦誠相見還是令他害羞，大輔不由自主地縮了縮。

「……為什麼要這麼倔強？」

小雅察覺他的動作，嘆了口氣，他舉起手環，大輔手部鐐銬應聲而落。

「為什麼就不肯服從呢？大輔，你應該明白才對，我並不單是為了與你生下帝國的子嗣，才想娶你為妻的……或許一開始相遇時有許多錯誤，我也很懊悔，但我也盡全力彌補你了，你還想怎麼樣？難道要我把命都賠給你嗎？」

大輔快速閱讀著腦內文字。故事原本描述，王儲在俘虜了人魚國王後，命他侍寢，但人魚抵死不從，還用暗藏的武器劃傷王儲。

從沒受過這種侮辱的王儲勃然大怒，將人魚下獄，並下令重罰人魚。

人魚被折磨得傷痕累累，但仍不願屈服，王儲盛怒之下，甚至找了帝國士兵來凌辱人魚，人魚被弄得半殘，背鰭被拔去，永遠失去回到大海裡的能力。

他心灰意冷，便拜託從前的戰友給自己一個痛快。

沒想到人魚瀕死時被王儲發現，他瘋狂地想救回人魚的命，為此不惜不顧臣子攔阻，獨自跑到危險的冷星去求什麼續命水晶。

好不容易救回人魚的命，人魚卻死活不領情，千方百計想再自盡。

王儲最後不得已，只得把人魚扒光關在王船最深處，日夜監控。

而過程中王儲也發現自己愛上了人魚，各種犧牲挽回，但人魚的身心都被傷透了，王儲就算捧金山銀山來也無法讓他回心轉意，就成了現在這樣的僵局。

以大輔的觀點，這故事ＢＥ個兩萬遍都不稀奇。人魚會愛上王儲才有鬼。

但大輔現在已經明白了，重點不是感情轉折是否合理、角色性格是否扭曲、劇情走向是否超展開。要導向讀者大大們認可的ＨＥ結局，只有一種做法。

〔系統提示：此為關卡最後轉折點，請妥善推進劇情。〕

「小雅殿下。」大輔一本正經地咳了一聲。「我要的不是您的命，陛下的命是帝國全體子民的，我無權索求，我也不需要陛下許諾我的地位，當然也無須陛下恩赦我，因為我無家可歸。」

小雅愣怔著說：「那你想要什麼，大輔？」

「我想要一個家。」

小雅瞇起眼睛道：「家……？」

「嗯，家。我過去的家已經毀了，我的父母、兄弟、朋友臣子、我的子民們，全都已經不在了。這麼多年來，我都惦念著不復存在的那個家，這使我感到痛苦，沒辦法接受現實，才會對你這麼冷淡。」

大輔定定說：「可是我現在想通了，以前的家沒了，但殿下能給我一個全新的家。」

「你的意思是……」小雅瞪大了眼。

大輔瞄了一眼系統提示欄，沒有任何警告。他於是走近小雅身邊，忍著羞恥，把頭靠在小雅厚實的胸膛上。

「和我生個孩子……給我一個溫暖的家吧！小雅殿下。」

大輔說得情真意摯，而就在他看見王儲臉上落下一滴清淚的同時，眼前場景再次扭曲，萬千星空化作文字，流瀉過大輔身畔。

小雅依然立在星船末端，華麗的衣飾褪去，金髮碧眼也消失無蹤，只餘那雙總是默默注視著他的眼眸。

小雅，你究竟是什麼呢？

你像這些書中的角色一樣，也是被什麼人創造出來的嗎？

那麼，你會不會像他們一樣，在故事結束之後、在某一個 Happy Ending 的結局後，從我眼前消失呢？

「小雅……」大輔呢喃著，任由系統將他扯離。

〔系統提示：您已通過第三關卡，積分：四六七分。〕

〔系統提示：將傳送您到下一本穿書任務中，請稍待片刻。〕

〔任務四：《娛樂圈之落魄偶像捆綁國民男神上熱搜大作戰》。

任務條件：改變原本落魄偶像與國民男神的悲劇結果（俗稱ＢＥ），讓兩人在一起

（俗稱HE）。」

「你承認吧！高大輔，你會接近我，不過是因為你想靠著我上位，你從頭到尾就沒有喜歡過我！」

國民男神小雅在發現自己和落魄偶像大輔的緋聞照，被大輔經紀公司出賣給國內最大八卦雜誌後，悲憤地來找大輔理論。

「你誤會了，小雅，我是因為喜歡你，才想公開我們的戀情。」高大輔說。

小雅依然悲憤：「你說謊！你只是想踩著我的感情，登上你夢寐以求的舞台，難道不是嗎？」

高大輔穿著偶像打歌服大步走向小雅，不顧待會兒即將要登上國內最大演唱舞台，在隊友呆愣的注視下，摟住了國民男神的脖子。

「如果你這麼不想看我登上舞台，那就用你的身體證明這件事……把我上到登不了台吧！國民男神。」

〔系統提示：您已通過第四關卡，積分：五六七分。〕

〔系統提示：將傳送您到下一本穿書任務中，請稍待片刻。〕

〔任務五：《大銀王朝之攝政宰相與病嬌小皇帝宮廷祕史》。

任務條件：改變原本攝政宰相與病嬌小皇帝的悲劇結果（俗稱BE），讓兩人在一起

（俗稱ＨＥ）。」

「你以為我還是那個聽話的小太子嗎？高愛卿。」

小皇帝小雅頭戴冠帽，身著朝服，坐在高高在上的龍椅上，伸手舔了下染滿鮮血的手指，露出病態的笑容。

「但你太讓朕失望了，我還以為愛卿為了逃離朕，會接受亂黨的提議呢。這樣朕就可以名正言順地懲罰你了。把你拴在朕的身邊，作朕的宰相，一輩子只看著朕，獻出你的心、你的身體、你的忠誠……」

大輔截斷小雅的話：「陛下，微臣惶恐，微臣不能再作大銀王朝的宰相了。」

小皇帝瞪大眼睛，他先是冷哼一聲，咬著銀牙笑了。

「愛卿以為朕的宰相是想作就來，不想作便走的嗎？」

他跳下王座，走到大輔面前，用染滿鮮血的手掐住他白皙的脖頸。

「你總是要朕把社稷放在第一位，不要耽溺於兒女私情，可你知道嗎？高愛卿，不，該喚你作『大輔皇叔』吧？皇叔，你向來只知道叫朕勤政愛民，卻不知道對朕而言，不，對『小雅』這個男人而言，這江山社稷，若是沒了皇叔，不如一把火燒了乾淨……」

小皇帝瘋狂的眼眸深處泛起一絲微紅。

「你現在卻說想掛冠求去？想得美，皇叔，朕是絕不會放你走的，即使會被你恨，朕也要你在朕身邊恨我……」

大輔凝視著小雅，認真地開口。

「陛下，微臣不作您的宰相了……可以請陛下迎娶我為后嗎？」

〔系統提示：您已通過第五關卡，積分：六一〇分。〕

〔系統提示：將傳送您到下一本穿書任務中，請稍待片刻。〕

〔任務六：《優勢 Alpha 總裁與他的 Omega 祕書之人財兩失》。

任務條件：改變原本優勢 Alpha 總裁與 Omega 祕書的悲劇結果（俗稱ＢＥ），讓兩人在一起（俗稱ＨＥ）。〕

優勢 Alpha 總裁小雅氣喘吁吁地站在破落公寓的門前，看著緊擁懷中雙胞胎兒子的 Omega 前祕書大輔。

「高大輔！我終於……終於找到你了！」

小雅想裝陰狠，但嘶啞的嗓音洩露了他的情緒。

「你……你瘋了嗎？高大輔，一個劣質 Omega，懷著雙胞胎，還是我這個優勢 Alpha 的孩子，一個人跑到這種沒醫院、沒藥局，連個飛船都沒有的鬼地方，萬一我們的孩子出事了呢？你賠得起嗎？」

大輔抿著唇沒吭聲，總裁小雅用手撩了撩額髮。

「好，我也有錯，我不該為了面子，在那些股東面前宣布我和高知彰的婚約，背棄和你的約定。但那都是為了公司！為了我們的家族好嗎？你向來做事得體，怎麼會不明白我的用心？為什麼要這麼任性。」

小雅總裁又放軟聲音。

「你乖，大輔，跟我回去，我答應你，就算你無法成為我名義上的妻子，我也一定會照顧你的生活。你的孩子會入我家的籍，我會給他們你沒能給的一切，只要你肯回來我身邊，好嗎？」

大輔深吸口氣。

「先別提這個了，小雅，你有帶抑制劑嗎？我發情期來了。」

〔系統提示：您已通過第六關卡，積分：七三二分。〕

〔系統提示：將傳送您到下一本穿書任務中，請稍待片刻。〕

〔任務六：《高冷師尊撿了個無賴孤兒弟子，危。》

任務條件：改變原本高冷師尊與無賴孤兒弟子的悲劇結果（俗稱ＢＥ），讓兩人在一起（俗稱ＨＥ）〕。

長大成人的弟子小雅拿著修真界魔器「天邪神劍」，流轉著滿溢邪氣的法力，悲憤看著眼前滿臉冷漠的師尊，還有他背後的師兄師姊師弟師妹們。

「師尊，你真要這麼絕情？真要將我逐出師門？」

小雅握緊魔器，滿臉是淚。

「就因為我學了你無法認可的禁術？結交了你認為是邪道的江湖朋友？但師尊，你知道嗎，要不是為了救師尊，我根本不會學那些禁術。

大輔師尊，您總是不相信我……從小就是這樣，您總把我當成外人，任憑我再敬您、愛您，就因為我是那個曾背叛過您的人的兒子。但凡您在雲頂峰那時肯再多看我一眼，您我也都不會走上這條路……師尊，您不要怪我，都是您逼我的……」

「好了，先等一下。」

大輔舉手阻住大弟子的悲憤，在小雅呆愣的目光下，深情握住他的手。

「實不相瞞，我昨天閉關修練時有點走火入魔，現在急需陰陽調和，你可以先幫幫師尊嗎？」

〔系統提示：您已通過第七關卡，積分：八一五分。〕

〔系統提示：將傳送您到下一本穿書任務中，請稍待片刻。〕

〔任務六：《哨兵上尉與嚮導下士精神體不合但肉體超 Match》。

任務條件：改變原本哨兵上尉與嚮導下士的悲劇結果（俗稱ＢＥ），讓兩人在一起（俗稱ＨＥ）。〕

哨兵上尉小雅渾身浴血，憤恨地看著與他同樣深處敵營深處的嚮導下士。

「你就一定要跟我對著幹嗎？高大輔下士！」

小雅似乎陷入狂暴狀態，對著眼前的大輔吼叫著。

「我知道你不爽我很久了，身為軍校成績最好的軍官，卻因為出身沒辦法往上爬，不得以才跟我這種沒用的哨兵配成對，你應該很看不起我吧？要是可以選擇的話，你應該會選和你精神圖景契合度最高的瑪芬上尉是嗎？好啊！那你就去啊……前提是你能想到脫離這裡的方法，高大輔。」

「……做愛吧！」

〔任務十：《重生之黑道老大從良了卻被忠犬保鑣日日逼姦怎麼辦》。〕

任務條件：改變原本重生黑道老大與忠犬保鑣的悲劇結果（俗稱ＢＥ），讓兩人在一起（俗稱ＨＥ）。〕

〔任務二十七：《宅門之代嫁私生子新婚之夜被殘暴王爺弄得下不了床》。

任務條件：改變原本代嫁私生子與殘暴王爺的悲劇結果（俗稱ＢＥ），讓兩人在一起（俗稱ＨＥ）。〕

〔任務八十八：《無限流之頂級玩家為了兩光系統差點連命都沒了》。

任務條件：改變原本頂級玩家與兩光系統的悲劇結果（俗稱ＢＥ），讓兩人在一起

（俗稱HE）。〕

〔任務一百零七：《電競大佬和敵對神輔助隊員槓上了》。

任務條件：改變原本電競大佬與敵對輔助隊員……〕

……

…………

…………

〔系統提示：您已通過第兩百五十一關卡，累積總積分：一萬零六十六分〕

〔系統提示：恭喜您，玩家高大輔，您已達到主神的所有要求，拯救BL小說讀者於水火，為了答謝您的努力，系統將給予您特別獎勵。〕

砰地一聲，大輔緩緩睜開了眼睛。

映入眼簾的是極為熟悉的場景，綠蔭扶蘇的廣場、紅磚石鋪成的道路末端，有座以台北市中心而言頗為奢侈的單層建築。

建築的門口掛了個淡雅但醒目的招牌，上頭寫著「鹿鳴書店」，但不像如今書香四溢，眼前的鹿鳴像是剛經歷世界大戰一般，四處堆著風漬舊書，空氣中散著霉味，書堆上疑似還堆著陳年泡麵碗，連地板上也都是汙痕。

大輔認出來了，這是多年前，他剛從高知彰手裡接下來的，百廢待舉的鹿鳴。

他剛覺得茫然，身後便傳來溫潤的男聲：「這就是你說朋友讓你接手的書店嗎？也太慘了吧？」

大輔訝異地回過頭，身後的人他再熟悉不過。是白華。

大輔感到驚嚇，一時有點分不清眼前的人是虛是實，待看見白華比如今年輕許多的臉容，才稍微安下心來。

大輔接手鹿鳴時年方二十七，白華虛長他幾歲，當時也未滿三十。大輔不知有多久沒看見年輕的白華，他愣怔瞧著那人俊朗的眉目，一時說不出話來。

「這書都放多久了……而且沒放在書架上，也沒包書套，就這麼扔在那，你看這書頁都長霉了，你不是說你那朋友很愛書嗎？那怎麼能這麼對待紙本書呢？」

白華從地上拾起一本書，恰巧便是那本《世界末日與冷酷異境》，還是初版。

他伸手撢去封面的塵灰，把書交到大輔手裡。

「白華……」大輔禁不住喃喃。

白華笑了，說：「怎麼這種表情？一副幾十年沒見著我的樣子。」

〔任務零：《手遊劇本家與書店店長說不清道不明的前世今生》。

任務條件：改變原本手遊劇本家與書店店長的悲劇結果（俗稱ＢＥ），讓兩人在一起

（俗稱ＨＥ）。〕

〔系統提示：此為獎勵優秀玩家之特別任務，若能改變書中結局，現實結局也將產生變動。〕

大輔恍惚想起來，似乎就是在這個時期，他接下鹿鳴書店，忙得焦頭爛額。

而白華似乎也因為遊戲上線不順利的事，每天都情緒不佳，兩人經常爭吵。

大輔開始懷疑他與白華的這段感情，對白華越來越失望，甚至認為他移情別戀。

「看這慘況，我看你一個人也忙不過來。澄哥最近一直邀我組工作室，他想做線上遊戲，但我嫌麻煩一直沒答應他，現在看來真有先見之明。」

白華搭著他的肩，誠懇地望著他。

「怎麼樣？我暫時放下劇本工作，和你一塊兒經營這間書店吧？雖然我也沒什麼經驗，但我也是愛書人，兩個人總比一個人強。」

現在回想起來，白華確實是參觀過鹿鳴的。只是當時大輔因為心裡矛盾，將白華拒之於門外，也才會種下後來那一連串誤解與衝突。

大輔心中亂成一團，和白華分離這一年來，大輔一直避免想起他們的過往種種，讓自己專注於現在的生活。

他擔心閘門一開，思念和情緒會像洪水般，把他好不容易守住的心田淹沒。

也因此大輔從來不會、也不敢去思考，如果一切可以重來，他與白華是不是還能走在一起、是不是還能有個 Happy Ending。

「我……」大輔才開了口，便看見不遠處的書架後有個人。

這人不是別人，便是他在穿書過程中，見過無數次的「角色」。

小雅。

小雅穿著綠色制服圍裙，像往常一樣，在斜陽映入的午後，幫著他把那些過季書籍下架，再補上新的書。

這一波穿書下來，大輔看了無數小雅的形象：小雅皇帝、小雅男神、弟子小雅、總裁小雅、黑道老大、不良少年、帝國王子……

但大輔發現，從未有一個「角色」，像眼前的小雅那樣，如此令人安心。

「書精」小雅、「書店店員」小雅、「大輔身邊的」小雅……他想要這些「角色」，即使這個角色的存在，很可能讓他無法走向讓讀者大大滿意的快樂結局，大輔還是無法放棄。

「……抱歉。」大輔推開了眼前的「白華」。「書店的事，我一個人就夠了，不用再麻煩你，你是優秀的創作人，應該把你的才能發揮在對的地方。」

白華臉上露出遺憾與悲傷交織的微笑。

「即使最後可能會 Bad Ending，那也無所謂嗎？」他問。

大輔閉上眼睛，唇角勾起了。

「嗯，無所謂。」

〔系統提示：您已完成特別獎勵任務，累計總積分：零分。〕

〔系統提示：玩家積分已經歸零，系統將強制終結，期待您下次的參與。〕

大輔感覺身體再次被扯離、倒退，他隱約聽見耳邊傳來小書籤的聲音：

「真是的，你前面表現得那麼好，主神給你機會，你居然不好好利用。能夠HE不是很好嗎？人生那麼苦，BE的故事多傷心哪！虧我當初還把一部分的魂靈寄宿在輔導員這裡，想說至少能為你的人生做點事……唉，算了，我累啦，要回系統休眠了。

再會了，高大輔，不，我親愛的兒子……」

砰地一聲，大輔驀然睜開眼睛。

「大輔哥，你還好吧？」耳邊傳來熟悉的喚聲。

大輔茫茫然睜開眼睛，才發現自己仰躺在地板上，眼前是已然打掃得窗明几淨，書也擺放得整整齊齊，現時現地的鹿鳴。

大輔先看見了小仙女，她雙手插腰，一臉鄙夷地俯視著自己，一旁則是滿臉擔憂的小雅，兩人都穿著鹿鳴的制服圍裙。

「店長！我還想怎麼你這麼久都沒回櫃檯，原來是睡在這裡。」

小仙女嘆著氣，大輔揉了揉亂髮，往落地窗方向看了一眼，玻璃裡映照出他那張清俊中帶著憔悴的臉龐，已完全是個三十五歲大叔的模樣。

「大輔哥剛從拿書椅上掉下來，可能是撞到頭了，抱歉，我剛才一直待在倉庫裡整理書，沒注意到。」

小雅從身後扶起他，檢視他頭上的腫包。

大輔仍舊一臉呆然地說：「撞到頭？昏倒？呃……可是我爸的木盒子呢？小書籤呢？」

「木盒子？書籤？」

看著面面相覷的田心蓓和小雅，大輔不禁怔然。

……也是，世界上哪來什麼穿書系統呢？

正因為三次元太多苦難，人們才會創作出二次元的世界，讓閱覽他們的讀者能短暫沉醉其中，為角色的笑而笑、為角色的哭而哭。

而也正因為書中一切皆非現實，讀者才能夠在拭乾眼淚後，重新面對他們真實的人生。

「不……沒什麼。」

大輔環視滿屋子的書，露出釋然的笑容。

「我沒事，謝謝你們。對了心蓓，下午不是要盤點這季的女性向小說庫存嗎？得快點把清單做出來才行了……」

大輔領著鹿鳴店員離開了書庫，而他們都沒察覺，就在離拿書椅不遠的書架下，委頓著一個陳舊的木盒。

木盒敞開著，一張書籤正閃爍著微光。

〔系統提示：現在開始將玩家導入系統，系統編號：二零二三零一二五號，系統任務：《又不能當飯吃》，請陪伴書中角色小雅（攻方）及高大輔（受方），走向你心目中的Happy Ending……〕

定價
NT$280-300
HK$93-100

非限定Alpha 1~2

米洛／作者　**黑色豆腐**／插畫

法學院大佬頂級Alpha × 程式天才小奶狗Alpha
一場心、身都熱汗淋漓的甜蜜撩慾之旅——

身為Alpha的蘇珞，原以為喜歡上同為Alpha的班長已是不可思議，沒想到更離譜的是，「情敵愛上我」這樣狗血的戲碼會發生在自己身上。班長的竹馬，總是冰山禁欲臉的昊一，這種頂級Alpha和自己根本是兩個世界的人，可是昊一像是「sudo指令」，逕自獲得了最高許可權，旁若無人地踩入他的心……

神界直屬第十九號部門 1

水泉 / 作者　竹官 / 插畫

天真少爺主管X暴躁老鳥執行員
就算是神二代，也要為部門業績和預算不足煩惱!?

隱藏身分下凡歷練的神二代瑛昭，空降至神界直屬第十九號部門擔任主管。這個部門負責開導可以轉世卻不願轉世的鬼魂，卻被神界眾人瞧不起。瑛昭除了面臨部門業績壓力，還得應對脾氣差的部門老屁股——資深執行員季望初。

究竟瑛昭能否順利達成業績目標？不肯去投胎的季望初，又懷著什麼目的？

又不能當飯吃 上

2023 年 1 月 27 日　初版第 1 刷發行

作　　者＊吐維
插　　畫＊Welkin

發 行 人＊岩崎剛人
總　　監＊呂慧君
編　　輯＊蘇涵
美術設計＊林慧玟
印　　務＊李明修（主任）、張加恩（主任）、張凱棋

台灣角川

發 行 所＊台灣角川股份有限公司
地　　址＊104 台北市中山區松江路 223 號 3 樓
電　　話＊（02）2515-3000
傳　　真＊（02）2515-0033
網　　址＊http://www.kadokawa.com.tw
劃撥帳戶＊台灣角川股份有限公司
劃撥帳號＊19487412
法律顧問＊有澤法律事務所
製　　版＊尚騰印刷事業有限公司
I S B N＊978-626-352-183-4

國家圖書館出版品預行編目資料

又不能當飯吃 / 吐維作 . -- 初版 . -- 臺北市 : 臺灣角川股份有限公司 , 2023.01-
冊 ;　公分

ISBN 978-626-352-183-4(第 1 冊 : 平裝)

863.57　　111018532